阅读之前 没有真相

午夜文库

死亡阅读者
Der Totenleser

[德]米夏埃尔·索克斯　[德]洛萨·斯特鲁 著
肖蕊 译

新 星 出 版 社　NEW STAR PRESS

本书中所记述的法医案例均与事实相符。出现的人名与事件发生地点皆做了匿名处理，任何一致或相似之处纯属巧合。此外，所有第三人称的对话和表述均非逐字引用，而是根据其含义和内容再现当时的场景。

献给林尼亚、卢修斯、朱利斯、提多斯和安娅

目 录

1	引言：您会读到的
7	神秘跟踪者
25	致命分手
41	情欲爆炸
61	编织精密
73	死亡快感
89	恐怖的秘密
113	沉重的运尸
123	永远在一起
137	瓦肯人的手段
159	有毒的尸体
167	看不见的微观世界
177	残忍的失意
201	后记：我想实现的
207	致谢

引言：您会读到的

不久之前，一项心理学研究表明，当人们得知对面偶遇的陌生人是位牙医时，会本能地收敛起笑容。大家这样做的原因，并非想起了以前看牙时的痛苦经历，而是要下意识地藏起自己的牙齿——因为害怕面前这位牙医注意到自己没有好好护理牙齿，或是看出自己有咬合不正的问题。

那么，如果人们在火车上、车站旁、派对上结识一位法医，又会做出什么样的举动呢？如果有这么一项心理学研究的话，结果又会如何呢？人们会不会害怕我们法医把他们从外到内一览无余，像是阅读一本打开的书？害怕我们的目光能穿过看上去完好无缺的身体表面，看出晚期动脉硬化或是冠状动脉钙化这样的毛病？又或者会害怕我们通过眼睛看到肝脏受损的征兆，从而识破他们过量饮酒的秘密？

迄今为止，还没有这样一项关于人们在法医面前的行为方式的研究。如果有的话，结果很可能会是，人们突然见到一位职业法医，十分渴望地想问他一些基础的问题。不论是私下里，还是在高度套路化的采访中，单单从我被问到的那些问题就能看出来，对于不太接触这个职业群体的人们来说，我们简直是一个富于异国色彩的物种。"您是怎么忍受下来的呢？""您的职业选择是否与您对人性深渊的兴趣有关？""您的职业是如何改变您对人类及社会的看法的？""在看到了这些可怕的事情之后，您是否依然相信上帝？"

说到我的职业选择和与死亡打交道的日常工作，我可以向读者朋友们保证，作为一名法医，我透过映照死亡落到周围人身上的棱镜，从社会之中看到的并非深不可测的幽暗。为了应付个人的生存，我们法医也很少让自己处于生活的阴暗面之中。我之所以从事这项工作，是因为我简直无法想象还会有什么工作比它更有趣，当然，我无法知道当一名内科医生或者胸腹外科医生的话又会有什么样的感觉。我的同事们，不论是我曾与之共事过的，还是曾经交谈过的，也都有相同的感受。推动我们工作的，一方面是好奇心；另一方面是希望通过揭开死亡原因，做出一些有意义的贡献——或是查明罪犯，或是消除由于死因不明而给亲属带来的疑惑。

　　虽说如此，有时候我的工作的确毫无乐趣可言。至少在那些无辜之人成为受害者的时刻：每一个不幸从窗口坠亡的孩子；每一个仅仅对水感到好奇，却由于当时没有任何一个成年人负起监护责任，因而付出了溺水身亡之代价的孩子；每一起暴力犯罪中天真的受害者更是令我心痛不已。在这些时刻，晚上从工作的情绪中抽离，愉快地享受私人生活，属实不易。

　　我并不会对读者回避这部分。书中有四章所述的案件，都是孩子成为我尸检台上的尸体。但在这些章节里——其余章节也是如此——即使我必须讲到那些残忍的细节，好让读者明白发生了些什么，也会保证读者无须直面血腥与冲击的场面。

　　在第一本书《死亡寻迹》的后记中我就强调过，只有当书中所记述的案件尖锐地揭示出社会中的种种现象时，才令人惊心触目。本书中的内容亦如此。这次，我将在书中详述案件背后的故事，以更好地阐明案件发生时的情境。我还将尝试向读者展示整幅图景，让朋友们了解法医检查与其他侦查方式是如何嵌合在一起的。此外，在某些较短的章节里，我会用具体案例描述法医工作的核心与不断重复出现的观点。别担心，我不会过量开药，而且对于各位读者来说，我日常工作中的这些奇闻逸事说不定还能成为您的消遣。我无法保证会不会有一两个故事影响了您的情绪，但是，如果您想避开所有残酷和悲伤的话，恐怕您也不会拿起这本书来读了吧。

米夏埃尔·索克斯
二〇一〇年夏

神秘跟踪者

夏暮，在德国北部某市的内河港口水域，打捞出一具男性尸体。报警的是一名码头工人，他报告说有一个没有生命迹象的人漂浮在离码头斜坡大约五米的水面上。水域保护警察投入人力，将该男子打捞了上来，他们在船上用无线电叫停了正准备赶来的急救人员。对于这个男人来说，一切医疗救治都太晚了，只要随便看上一眼，就知道尸体早已腐烂。

水域保护警察将尸体放在船只的甲板上。死者身穿牛仔裤和一件拉好拉链的防风夹克，夹克底下穿一件T恤，左脚仅着一只黑色网球袜，右脚赤裸。

警察仔仔细细地搜了一遍死者湿透的脏衣服，希望能找到身份证件或者其他身份指向性线索。在夹克的内袋里，他们找到了一些已经泡软了的钞票，还有一张身份证，上面的名字是霍尔格·维纳特，二十八岁，住在与内河港口相距仅几公里的一个小城。年龄看上去倒是与死者相符，但由于尸体已腐烂，面部特征无法辨认，因此无从比较身份证上的照片与面前的死者是否一致。警察将维纳特的个人详细信息转发到指挥中心，以便检查该男子是否"在警方的关注范围内"——简单地说就是他是否已被报失踪，或者有无前科，甚或是否被通缉。

随后，水域保护警察仔细检查了死者的遗体，他们发现T恤的胸部位置有几条狭长的裂缝。一位警察将死者的T恤拉了起来，看到尸体的胸部有几处刺伤。于是，这名在港口发现的死者，成了凶杀案件侦破组负责的一起案件。

两小时后，尸体被运送到法医研究所，这里已经有一位负责该案件的女检察官、两名凶杀案件侦破组的办案执勤警官，以及一名现场痕迹保护部门的摄影师正在等候。如果尸体显示有谋杀可能性，按照惯例，尸检时必须有一名检察机关的代表在场。根据《德国刑事诉讼法》，由负责的检察官自行判断是否参与尸检工作，但在柏林，如果怀疑案件为凶杀案，检察官总是会在场。此外，检察官还会事先走访犯罪现场或尸体发现地，自己去了解全面的状况，而不是依靠报告和照片。

另外，无论如何，刑事警察科的调查人员都会在尸检现场，这样还可以大幅简化信息交换的过程。例如，验尸人员可以在尸体上向警官们当场展示相关细节。

在尸体的外部检查中，首先，我可以更准确地说明一下水域保护警察已经看到的那些状况：夹克和T恤上有四道微微歪斜、长度在一点二到一点八厘米的织物破损痕迹，不出所料，这些破损痕迹与该男子胸部的四道刺伤相符。由于死者在水中浸泡了很久，所穿的衣物上没有血迹已不足为奇。衣物破口平滑，边缘无撕裂，据此可推测凶器是一把锋利的刀子。除此之外，不论是上衣还是牛仔裤，衣服的其他部位都没有划刺的痕迹。那条因在水中浸泡而褪色的黑色人造革皮带上挂着一个皮质刀鞘小包，与之相配的刀子却不在包里。

在验尸的过程中，一位调查人员接到同事的电话，以下是我们最新得知的重要信息：

霍尔格·维纳特的父亲阿尔弗雷德·维纳特于十一天前去警局做了失踪申报。他还告诉警方，他的儿子在失踪前几周里行为怪异，与以往大不相同。在那段时间里，霍尔格·维纳特给父亲打了好几十个电话，有时甚至是在深夜或凌晨，他一直"前言不搭后语地"声称有不同的人在持续地窥视和跟踪他。一开始，他父亲建议报警，但霍尔格·维纳特坚决拒绝了这个提议。后来他在电话里说到的事情越来越奇怪，直到某天他说他怀疑跟踪者与执行秘密任务的外国间谍有关，他们要招募他加入某个组织，如果拒绝的话他必死无疑。听到这番说辞，他父亲连忙建议他去看看神经科医生。此后不久，儿子的奇怪来电突然停止了，就像开始时一样突然。

最终向警方报告儿子失踪之前，阿尔弗雷德·维纳特连续三天一直在尝试联系儿子，却始终联系不上。打电话没人接，去他的住处也找不到人。霍尔格·维纳特是一名音响师，他工作的录音室里也没有同事知道他可能在哪儿——他已经超过一周没去上班了。听上去实在让人捉摸不透，调查人员和我都不知道应该怎么看待这个故事。

不过这位父亲在申报失踪时提供了两条有价值的线索，我们可以根据这两条线索检查死者是否是他的儿子。霍尔格·维纳特有两个独特的身体特征：腹股沟右侧有一个蓝色的海豚文身，左乳头下面还长有第三个乳头。

这种多出来的乳头通常长在正常乳头的上方或下方，不会引起任何不适，无须手术治疗（除非患者出于爱美的缘故想要切除）。医学上称呼这种多余乳头的专业术语是"akzessorische Mamille"（副乳），来自拉丁语 accedere（附加的）和 mamma（乳房），各位也许在四十年前的电影《007之金枪人》中见过。克里斯托弗·李饰演的职业杀手、邦德的对头斯卡曼加，他以用金子弹射杀"猎物"而闻名，还长有一个副乳。而罗杰·摩尔饰演的邦德利用了这一特征，他在自己的胸部贴了一个塑料的假乳头，冒充金枪人。

当然，我们的死者这第三个乳头可是真的，也就是说，死者确系霍尔格·维纳特无疑。另外，尸体上也有文身。如果不知道相关信息的话，在死者尸体已经腐烂的情况下，这个副乳或许会被当成凸起的肝痣。

在死者身份得到了确认之后，我们开始进行尸体剖验。

被水浸泡过的尸体看着真是不怎么美丽，躺在我面前的尸检台上的霍尔格·维纳特也不例外。他体表呈灰绿色，部分皮肤已剥落，像一张薄薄的深色拼接地毯一样挂在身体上。手部、脚部和耳朵处的皮肤，还有膝盖与肘关节处，都呈现出"泡皱了皮"的样子。这一点每个人应该都有经验，当我们长时间在浴缸、泳池或海里泡过后就会这样——当然程度上会轻很多。皮肤泡皱的现象是由于皮肤的最外层，即由死去的皮肤细胞组成的角质层因浸泡膨胀，从而吸收大量水分而出现的。这种现象会最先出现在身体上角质层最厚的地方，也就是脚掌和指尖。"浸泡时间"达到一整天之后，整个手掌和脚掌的角质层都会呈现出泡皱的样子，并变得苍白。要在水中浸泡多日后，泡皱现象才会扩散到手脚的延长侧。通常在几周后，当然在水温较高的情况下是几天后（比如死者躺在水龙头打开，不断流进热水的浴缸里），手指尖和脚趾尖的皮肤，包括指甲都会脱落。这样的景象，即使最麻木不仁的命案调查员，也会想离开验尸房几分钟，透口气。

我们的死者，手掌的皮肤上还附着一层薄而湿滑的绿色水藻，就像珊瑚礁表面一样。有一位命案调查员十分好奇，想知道此人要在水里泡上多久才能变成这样。这个问题真的很难回答，因为又是尸体腐烂，又是皮肤变皱，尸体上还长出了水藻或其他水生植物，这些现象的出现都遵循着一定的情理与规律。当然，他在水里至少也泡了好几天了，不然我们是不可能用肉眼就能看到有藻类的。

死者灰绿色的胸腹部皮肤看上去像是被一个外行文身师用颤抖的手文上了一张棕色蛛网。但这不是什么文身，而是因为尸体进一步腐烂引起的，是皮下血管显现而导致的。身体内的血红素会随着腐烂的进程，从红色变暗、变深。

死者的大部分头发都已不在，因为头部皮肤组织浸泡、膨胀，一段时间后，头发便松动脱落。

我们在死者的左手腕内侧发现了四道割伤，长约五厘米，但刀口不是很深。这是个出乎意料的发现，对于死亡情况的判定有着重要的意义。因为这样的腕关节表层伤口通常表示自杀意图：比如一个人在割开自己的动脉之前，往往会先小心地试着划破皮肤。但是我们并没有证据证明这些就是所谓"尝试性伤口"，谋杀理论丝毫不会因此被推翻。

在寻找更多法医学指征的过程中，我转向了死者胸部的刺伤。四处穿刺，彼此相距不足两厘米，稍微向身体纵轴方向倾斜。虽然尸体已腐烂，伤口边缘仍然清晰可辨，皮肤和皮下脂肪组织创面"光滑"，也就是说，是被一柄锐器，比如一把小刀刺伤的。

我剖开了尸体的胸腔及腹腔，第一件事就是寻找能够确定刺伤深度的指征。不同于皮肤和皮下组织，胸骨上只有两处刺伤，这也就是说，另外两个表层伤口较浅，与之对应，两处较重的，刺入力道很大，以至于刺穿了胸骨。与腕关节处的划痕不同，这样的刺伤看上去比较像他人所为。毕竟谁会这么残忍地扎自己的胸部呢？

"也就是说，还是谋杀？"一位命案调查员问道。

这个问题在接下来的尸体剖验过程中得到了明确的回答：

除了上面详细描写过的刺伤与割伤之外，尸体没有任何遭受暴力的迹象。如果霍尔格·维纳特是被刺死的，我们一定会发现他出于自卫造成的伤口——胳膊上的刺伤，或者至少有割伤、抓痕，这些是被袭者试图自我保护时会产生的。

除了左腕处的"尝试性伤口"之外，胸部伤口的排布也同样表明这是一起自杀事件：伤口彼此平行，位于死者用自己的手就很容易刺到的地方；穿刺孔迹也与自己刺入的情况下手臂及小刀的运动轴位相吻合——前提是，霍尔格·维纳特是右撇子。

我们可以将死因确定为"因心脏及肺部刺伤引起的腔内出血"。心脏刺伤与右胸腔穿刺造成的右肺部伤口都可以导致短时间内死亡。在这样的伤势下，霍尔格·维纳特最多也只能坚持几分钟。当然也不能排除他在刺伤了自己之后，直接栽倒在水里，并在因刺伤致死前溺水而亡。但这对于进一步的调查来说意义不大。

重要的是尸检后的核心结论：这是一起自杀事件，而非谋杀。

结束了对霍尔格·维纳特的尸体剖验之后，我和在场的女检察官以及两名凶杀案侦破组的警官一起讨论了这起案件。我们讨论的同时，一名尸检助理为各器官称重，将重量填写在尸检报告上，然后再将器官藏回剖开的胸腔与腹腔中，稍后尸体将会用线缝合。

我们一致同意凶器很可能出自维纳特皮带上的刀袋，但不太可能去证实这个推论了。彻底搜寻码头地区，或安排警力潜水搜查港区河底，可能性看上去都极其渺茫。而且由于尸检的结果为自杀，调查员对于凶器本身的兴趣不大，而是更关注这起极度血腥的自戕事件的动机。

维纳特手腕处的割伤必定是他自己造成的，这一点，每个参与了尸检的人看到伤口状态后都觉得很容易理解。一名受害者，在违背其本意的情况下被割伤都会反抗，这样一来，伤口绝不会如此整齐地排列，深度也不会如此一致，也不可能保持相同的切割力量。

令人难以接受的是胸口的刺伤。一位警官问，一个人真的有可能拿刀朝自己的胸口捅上四次，其中两次还是以那么大的力量吗？对于不经常接触罕见死亡方式及死亡状况的人来说，这么血腥的自杀方式是很难想象的。但事实上，我们还在自杀案件中见过很多以不同方式将过度暴力加诸自己身体的情况。在过去几年的柏林法医自杀研究会上我们探讨过这类案例，曾有死者十次或超过十次深深地割喉，或是多次朝头部及胸部开枪，原因是第一次射击并未致命——至少不是立即致命。当然，这些案件一开始总是会被怀疑为谋杀案，只有通过法医检验才能最终查明事情究竟是怎么发生的。

尽管如此，我们还是会问：为什么会有人用如此血腥的方式自杀？在这起案件中，这一切与霍尔格·维纳特的父亲提供的他在电话中说到的事情是否有直接关系呢？

"我曾听说，自杀者朝自己的胸部开枪的时候，往往会把胸部袒露出来。"一位警官说，"用刀刺的时候难道不会如此吗？"实际上，很多法医和犯罪侦查学教科书里都有这样的说法，但实践中总是有不合规律的例外状况。在绝望与混乱的情况下，哪个自杀者还想着一定要遵守教科书上的规律呢？

在确实没有丝毫他杀证据的情况下，通常来说就没有必要进行进一步调查了，最多也就是还有几个问题需要弄清楚。由于维纳特父亲的报告，本案当然还有进一步说明的必要。哪怕那个臆想中的跟踪者看起来只存在于他的脑海中，警方也必须针对他所宣称的这件事进行调查。

调查员首先询问了维纳特的父亲以及一些证人——与他有密切私人或工作关系的人。一旦化学毒理学调查结果出来，我们就能决定是否可以终止死亡调查程序了。

尸体剖验四天后，两位警官中的一位给我打了一通电话，告知我调查情况。霍尔格·维纳特确实是个右撇子，这一点我在尸检之后就深信不疑。

而在尸检当天，警官们就上门探访了维纳特的父亲，并告知他儿子已死亡的消息。虽然阿尔弗雷德·维纳特表现得相当镇静，但他无法相信儿子会自杀。他说除了失踪前的几个星期之外，儿子一直是一个"快活人儿"。当被问及他儿子是否可能吸毒时，这位父亲坦率地承认儿子偶尔会吸食大麻，但从未涉及任何硬性毒品。

然后，他向警官提及一通不同寻常的电话：在他儿子失踪的前一天，有人给他的手机打过电话——跟他儿子来电时一样，不显示来电号码。电话另一端是一个男人的声音，"声音很特别，但听不清楚在嘟囔些什么，好像嘴里塞满了东西，或者在吃着什么"。虽然这个声音无法辨认，但阿尔弗雷德·维纳特当时认定这是儿子还活着的迹象——最后的迹象。这一点很快就会得到证明。

阿尔弗雷德·维纳特接着向刑警们透露了另一个细节，这也证明他的猜测很有道理："我听到背景中有很多嘈杂的声音，像船只发出的嘟嘟声。"

对维纳特同事的问询为我们找到了更多的拼图碎片：维纳特在突然失踪的六周前，曾担任一场 Techno（科技舞曲）派对的舞台技术人员。派对之后他对一位女同事说，在那场活动中，一个来派对的人给了他一个角状酒杯，杯中是一种"少见的蜂蜜酒"，他喝了酒，之后觉得自己"糟透了"。某天晚上，他突然打电话给这位女同事，说："我觉得那东西在后面追我。"至于"那东西"指的是什么，他不愿意说，而是突然地挂断了电话。

虽然这位女同事感到十分奇怪，但并没多想，第二天她就出差了，去参加一系列持续近七周的巡回音乐会。那天之后她再也没见过维纳特，也没有与他通过电话。

另有一位同事曾在某天晚上下班后开车送维纳特回家。汽车行驶过程中，霍尔格·维纳特突然指着旁边驶过的汽车，声称那上面坐着想要杀他的人。他还解释说那些看上去好像很正常的信号灯和刹车灯，实际上是发给他的"秘密信号"。该同事很快就受不了维纳特的所作所为，所以他毫不犹豫地把维纳特从自己的车上赶了下去。当然，在接受问讯的时候他显然感到很后悔，这一点警官也在电话里告诉了我。

维纳特的朋友们也说他在生前的最后几周里明显变得越来越不对劲。他以前相当整洁，但在很短的时间里就变得只剩下"一道影子"。"他似乎完全灵魂出窍了。"维纳特的一位女性朋友这样说。有天晚上他们在一起，他一直忙忙叨叨、不得安生，总是站起来，还躲到窗帘后面，透过窗玻璃往街上看，嘟嘟囔囔地说一些毫不相干的事情。有时他会突然跳起来，把屋里的灯关上，过几分钟再打开。他的行为让她觉得毛骨悚然，她认为他卷入了某种无法抵抗的事情，这东西控制住了他。在这一点上，她应该是对的……

在接下来的一天，我们所寻找的解释从毒理学实验室中获得了。但并不是通过对血液、尿样、胃内容物或肝组织的化学毒理学分析得到的，以上所有检验结果均为阴性，这意味着霍尔格·维纳特死亡时并未受到酒精、药物或毒品的影响。决定性的提示，同时也是谜题的最终答案——为什么他在死前最后几周里的所作所为就像发癔症似的，遭受着各种妄想的折磨——是通过对头发的分析得到的：霍尔格·维纳特在死前六到七周时服用了麦角酸二乙基酰胺，缩写是 LSD。

毛发就像一座档案馆，里面藏着毒品的代谢产物，只要没有长达好几年，即使在吸食毒品数月之后，也能检测得到。而在血液和尿样中最多只能发现四十八小时之内吸食过毒品的痕迹，无法测定较长时间之前是否吸过毒。

每个月头发会长长大约一厘米，因此，头发的长度可以显示该人在什么时候、服用了哪种化学物质。比如说某人的头发有六厘米长的话，我们就能精确地说出他在检验之前的六个月里，以多久的间隔，具体是什么时候服用了何种药物。也可以由此来核查嫌疑人的供述，比如说嫌疑人声称自己过去三个月都是"清白"的，如果他说的是真的，那我们就不会在从发根开始的三厘米长发丝中检测出毒品的痕迹。

大多数情况下，毛发分析都被用来证明某人对某种药物有长期性、规律性地摄入。但近年来毒理学研究发展速度很快，这种分析方法也日臻完善，可以测出数周或数月前一次性服用的某种毒品或者药物了。于是，这种检测越来越多地被使用在性犯罪中迷药的测定上，即测定用来麻醉受害者，使受害者无力反抗的各种安眠药和镇静剂。

毛发分析不仅能够测出各种非法毒品，如海洛因、可卡因、四氢大麻酚（大麻的有效成分）、LSD、摇头丸和其他人工合成的毒品，还能检测出各种药物。比如说，当医生开出的精神疾病类药物对一位精神病患者不起作用的时候，就可以通过毛发分析来测定，该病人是否按时服用了此药物，还是只是假装吃下了它。

毛发分析有着几乎无限的应用可能。比如说工作环境中的药物检测（例如出现以下问题：一名处理或运输有害物质的雇员是否是个毒品依赖者，是否无法胜任此责任重大的任务），以及新生儿药检（用来确认母亲在孕期所服用的药物是否进入了婴儿的血液循环），都得益于这项技术。某些情况下，也会通过毛发分析来确认嫌犯是否有作案能力，比如说查明被告是否会因药物依赖而发生个性变化。因为通常来说，庭审都是发生在实际犯罪的数月之后，此时血检或者尿检已经无法证实被告的供述。

最近几年，所谓"酒精中毒标志物"也可以在头发中检测出来了。与毒品一样，这项检测不仅在驾驶适合性评估[①]中受到关注，还在家庭案件法庭的监护权纠纷中得到应用。也许读者朋友们还记得，二〇〇七年初，小甜甜布兰妮的一组光头照片被曝光。八卦小报纷纷猜测，布兰妮多半是"精神失常"或患有某种急性精神病，才会这样"自残"。但原因很可

---

①一种医学－心理检查，通常被称为"白痴测试"。

能完全不同：那段时间布兰妮正在和她的前夫争夺两个孩子的抚养权，对方指控她过量吸毒，剃了光头之后就无法检测出来了。

回到我们的案子，首先，我们来看看在霍尔格·维纳特的头发里检测出来的这种毒品吧：LSD，强力致幻剂②。服用LSD约三十分钟后就会出现最初的感知变化，会导致对空间和时间的感觉障碍。服用者会感到整个人身处的环境都在LSD迷乱中改变了，尤其是对颜色、形状和人物的认知。

披头士乐队一九六七年发布了一首歌曲，讲述了一次穿越缤纷多彩的幻想世界之旅。之后几十年，这首歌的歌词一直被认为是展现了一场"迷幻剂之旅"。有些人认为歌名就已经给出了明确的暗示："*Lucy in the Sky with Diamonds*"（露西在缀满钻石的空中），三个大写字母正好可以拼成LSD。但约翰·列侬生前坚持表示，这首歌的创作灵感来源于他当时四岁的儿子朱利安画的一张画，画上画的是朱利安的同班小朋友露西。不管怎么说，LSD正是二十世纪六十年代嬉皮士常用的毒品。虽然一九六六年美国就将LSD列为非法药物，但值得注意的是，在德国，直到一九七一年，持有并服食LSD都仍属合法。近几年来，LSD在德国再次受到欢迎，主要是在科技电子摇滚乐场所。

少数情况下，LSD还可以被用作意识扩展物质，在精神

---

②能够引起视觉、听觉和感觉上的幻觉的物质。

分析治疗与致幻药物应用的结合疗法中使用("药物心理疗法")。此时,致幻药物需在医学监督下开具处方使用,以解除患者的精神障碍,"探索灵魂深处"。当然,这种非常可疑的治疗方式在科学上并未获得普遍认可;从法律上来讲,海洛因、摇头丸和LSD这样的非法药物被禁止使用。二〇〇九年九月,有两名病人在精神病治疗期间,因服用致命性混合药物而死亡。另外还有五名病人勉强挺过该疗程,幸免于难。二〇一〇年五月,柏林地区法院因身体伤害致死及严重身体伤害罪判处这名五十一岁的医生四年零九个月的监禁。

服食LSD的人并非总能陶醉于放松的色彩和声音,并因此获得幸福感,找到通向内在自我的途径。虽然很多人服食LSD之后都说经历了一场欣喜若狂、快乐无边的旅程,但也有人服食之后体验到完全相反的历程,这些人的恐怖旅程充满负面情绪和恐惧,还可能反复出现灾难和袭击。出现引发恐慌的声学光学幻觉的现象并不少见:人们会听到令人不安的声音,看到人,甚至看到巨兽前来置自己于死地。

与大多数药物一样,LSD的效果及带来的迷幻体验不仅与服用剂量有关,服用者的心理状态和周围的环境也会造成决定性影响(我们将这些称为"环境")。如果服药者在产生迷幻体验之前的初始情绪已较为紧张,甚或具有攻击性,并且服药时所处环境较为阴郁的话,那么这个药物会给他带来负面经历的可能性要比在平和或者兴奋的初始情绪下、放松的环境中高出很多。

对于LSD来说,尤为典型的是,服用该药物后,可引起一种"药物性精神病",意思是因吸毒引发的严重精神障碍。服用者的感受、思想、知觉和行为会产生变化,并伴有显著的"现实感"丧失。这种效应并非LSD独有,而是普遍见于多种人工合成药物,如安非他明(俗称Speed)、甲基苯丙胺(俗称冰毒),以及某些天然存在的精神药物(比如神奇蘑菇里就含有这样的成分)。

不可将药物性精神病与吸毒后的迷幻状态混为一谈——虽然在某些情况下,这种迷幻同样是精神性的。吸毒后产生的迷幻,以及随之而来的认知与感觉变化通常会在几个小时后逐渐减弱,并在药物在体内代谢分解后完全消失。而药物性精神病与之相反,其迷幻反应常常反复出现,且在某些情况下会伴随服药者终生。最为狠毒的一点是,人不需要对该毒品逐渐上瘾就会受其控制。

根据毛发测试结果,我们得知霍尔格·维纳特仅服用了一次LSD,时间是在他死前六到七周;也就是他在Techno摇滚派对上喝下角杯里"少见的蜂蜜酒"的时候。那杯蜂蜜酒之所以少见,是因为有人在里面混入了LSD。

霍尔格·维纳特仅仅经历了一次LSD带来的迷幻状态,就让他余生——虽然他的余生非常短暂——都深陷药物性精神病之中。服用LSD之后,骚扰维纳特的幻象一直没有放过他。有人一直在跟踪他,想要谋害他的恐怖景象在他的脑海里挥之不去。他的幻觉是如此痛苦,同时又如此真实,使得他最终做出了决定,结束自己的生命,好从这样的一个世界中解脱,让臆想中的跟踪者再也不能得逞。

霍尔格·维纳特的命运只能用"悲剧"两个字来形容。仅仅服用了一次 LSD，生命就在一夕之间终结，并如他所知的那样，变成了一场噩梦，一场他亲手以血腥的方式结束的噩梦。

在我们通过毛发测试找到了最重要的一片拼图之后，一幅清晰而完整的图画出现了：

右撇子霍尔格·维纳特先是试图用一把小刀，很可能就是他皮带上小口袋里的那把，割开左腕的动脉，但未成功，于是他拿刀刺了自己的胸膛四次。一开始他有些犹豫，所以前两刀刺得不是很深，只伤到了皮肉。然后他下定决心，用上力气，刺穿了心脏和肺部。那时维纳特已经在港口水边了，大约两周后他就在那里被人们发现，也许那时他站在岸边的斜坡上，也许他就站在水中。垂死之际，他给父亲拨了最后一通电话，在电话中，他父亲听到了背景杂音里的船鸣。阿尔弗雷德·维纳特分辨不出电话里的声音，只能猜测那就是他的儿子，"嘴里塞满了东西"在说话，原因是：霍尔格·维纳特的肺部和气管此时已经由于刺伤而涌入了大量血液，也许还呛了水。片刻之后，他死了。

致命分手

瓦尔特·隆曼从妻子的手机上看到了一则短信,得知她的生活中有了另一个男人。他早就有这样的猜测了,但没有明确的证据。除了他没法解释有一两个晚上她为什么不在家,还有他们共同使用的汽车里程数明显增加了。到今天为止,一点儿妻子出轨的确凿证据都没有,而且妻子贝蒂娜总能轻松地应对他的指责和疑问。

所以,连续几周,瓦尔特·隆曼养成了规律地检查她的手机,翻阅她的短信记录的习惯——他自认为还未曾引起妻子的注意。但贝蒂娜·隆曼其实注意到了,并且之后一直保持警惕。瓦尔特·隆曼是个很容易受刺激的人,也很容易冲动地爆发,过去有好几次严重到对她使用暴力。所以她什么都没跟他说,而是每天删除来电记录和收到的短信。直到那天,瓦尔特·隆曼看到了她的情人发来的短信,随后制订了一个恶魔般的计划。

这个"第三者"是在八个月前闯入贝蒂娜的生活的。她在他那儿感受到了被理解和"被尊重",她对一位女性朋友如是说。她与瓦尔特·隆曼的婚姻早就到头了,但这位三十二岁的女性没有勇气离开比自己大将近三十岁的丈夫,尤其是考虑到他们那两个年龄分别为三岁和四岁的孩子。

瓦尔特·隆曼在妻子的手机上看到内容为"和你在一起真

的太美妙了,我想念你,克劳斯"这则短信后,并没有找妻子谈话,而是装作什么事都没有发生。

八天之后的晚上,他恳求妻子第二天和他去柏林凉亭营地的花园纳凉房,帮忙给房子做冬季御寒的布置。但她不知道的是,在短信"泄露天机"之后的一周里,他花费了大量的时间,在那个花园纳凉房里为将要到来的会面做准备。

瓦尔特·隆曼把纳凉房里的所有窗户都用黑胶带贴起来了,完全不透光,还在墙壁内侧粘上了厚厚的发泡塑料板,并用德莎摩尔牌泡沫密封条封住了窗缝和门缝。做这一切并非只为了隔热,还有隔音的目的——这样,纳凉房外的人就无法听到他妻子的呼救了。

这个纳凉房除了一间带小厨房的普通大小的房间之外,还有一间宽敞的卧室,里面放着一张简易木质床。隆曼把一根厚三厘米、长一点二米的铁杆用金属角架固定在床头上方的墙上,还在铁杆上钉上了一副连着沉重铁链的手铐。

第二天早上,贝蒂娜·隆曼九点前就把两个孩子送到了幼儿园,随后按照与丈夫的约定,开车来到了凉亭营地。

就在她毫无心理准备地踏入纳凉房的一瞬间,额头正中直接被重重地打了一拳。她的膝盖弯曲,踉踉跄跄地后退。还没有站稳,肚子上就被打了第二下,下手如此之重,以至于她很可能连喊都没喊出来就昏倒在地上了。

当贝蒂娜·隆曼苏醒的时候,她已经躺在纳凉房里的那张床上了。她的双手举过头顶,被手铐锁着。脚腕被结实的胶带捆在一起,反复绑牢在床脚。她无法呼喊,因为脸上缠着宽幅布面胶带。她唯一能做的事情就是惊恐地睁大眼睛,看着丈夫那张被怒火扭曲的脸。

七个多小时以后,一辆平板载货卡车全速驶向距离凉亭营地不到两公里的一个卖花小货亭,坐在方向盘后面的正是瓦尔特·隆曼。当这辆平板货车带着一声爆裂的巨响结结实实地撞在货亭上的时候,货亭里只有艾达·温特一个人,而她是瓦尔特·隆曼的前妻。艾达·温特十年前与瓦尔特·隆曼离婚,他们在一起将近十二年,婚姻维持了九年。离婚之后,这位四十三岁的女性用回了娘家姓氏,如同她努力想把生命中与瓦尔特·隆曼有关的一切都扫地出门一样。在整个婚姻存续期间,她忍受着他的暴力,有好几次几乎送了命,最后她终于鼓起勇气,和他离了婚。

在撞小货亭之前,瓦尔特·隆曼坐在下午早些时候租来的平板货车驾驶座上长达一个多小时,等待合适的时机。租好车之后,他开车去了建材市场,买了一百五十公斤沙子,分装在五个袋子里,放到小货车的载货台上。"想让车更重一点儿。"后来他在审讯时对命案调查员这样说。

他在离小货亭不到一百米的街角观察店里的前妻,而后一次又一次地从那里驶向目标,但每次都在驶出几米之后就踩了刹车,因为总有步行或者骑车的人过马路。瓦尔特·隆曼不想让"无辜的人"卷入自己的"好机会"之中,他后来在警局做笔录时如此说道。

那个小货亭是扩建在有多户人家居住的房屋外墙侧面的小

木屋。瓦尔特·隆曼停下平板货车之前，撞击已使得整个木屋都压向了房屋外墙。艾达·温特被紧紧夹在货车、撞坏的小货亭和房屋外墙之间。她双腿多处骨折，体内大出血，伤势很重，但还是活了下来。而瓦尔特·隆曼毫发无损，冲撞时弹出的安全气囊使他免于受伤。

消防队和急救医生抵达时，发现现场就是一处独一无二的废墟，到处都是木头碎片、打碎的花盆、花土和成百上千的鲜花。考虑到这里发生的事情，眼前的景象简直就是残酷的嘲弄，平板货车因为撞击而实实在在地装饰了满车鲜花——保险杠后面、挡风玻璃上的雨刷和散热器格栅后面都插满了花朵。

对于救援者们来说，这里乍看上去像是发生了一起事故，实际上却是冷血谋杀案现场。瓦尔特·隆曼在现场就主动告诉人们他打算做什么——杀死前妻，好让她"悔改"。他还告诉救援人员，他把他现在的妻子打死了，在几分钟车程外的凉亭营地里就能找到她的尸体。

一辆巡逻警车和一辆救护车立即向那边驶去，但警官们没在那儿发现死者。贝蒂娜·隆曼挺过了数小时的折磨，坚强地活了下来。虽然如此，他们在纳凉房中看到的景象，让经验丰富的急救人员血管里的血都冻得冰凉。

贝蒂娜·隆曼纹丝不动地躺在木头床上，她的身体软绵绵地挂着，手臂被手铐固定在头顶上方。不自然地扭着，脸上和上半身满是鲜血。衬衣被拉得很高，腹部皮肤露了出来，布满深紫色、近乎黑色的血肿。最恐怖的是，这一动不动的女人那空洞的目光。她仿佛正看着卧室天花板，原本是眼睛的地方却只有两个黑漆漆的洞——瓦尔特·隆曼用一把厨刀把她的眼睛剜了出来。当急救人员揭去她嘴上的胶带，小心地跟她说话的时候，贝蒂娜·隆曼忍不住发出一声长而凄厉的惨叫，甚至在几百米之外都能听见。贝蒂娜·隆曼的叫声根本无法停止，在解开手铐和被放下来的过程中她仍在不停地叫着，被救护车运走时也叫着，直到被送进医院她还在惨叫。这个遭受了严重伤害的失明女子显然还以为自己仍然在纳凉房里，在施虐人手中——她觉得他还会回来，继续虐待自己。

在驾车故意撞人现场，瓦尔特·隆曼因涉嫌两起蓄意杀人案被刑拘。

被捕四天之后，一名狱警发现囚室的木板床边有一摊血迹，瓦尔特·隆曼割喉身亡。凶器就在尸体旁边：一把血淋淋的餐刀。餐刀是每个监狱的标配，并未被列为危险物品。根据入狱时的医学检查，在被捕那天，瓦尔特·隆曼没有显示出任何企图自杀的迹象。这个案例再一次说明，这样的医学评估永远只能作为一个简单的评述，而人的心理是非常复杂的，很难做出完全可靠的预判。

瓦尔特·隆曼隔壁囚室的犯人提供证词说，隆曼死前的那个晚上和深夜，他一直能听到有种"好像鸟儿喳喳叫的声音"，但始终不明白那是什么。在检查过尸体旁边的切面包餐刀，并仔细搜查了其囚室之后，调查人员很快就明白了那声音是怎么来的：瓦尔特·隆曼花了数个小时，将这把正常来说刀尖圆钝、刃口不快的餐刀，在牢房窗户的铁栏杆上磨锋利了。所谓"鸟儿喳喳叫的声音"，实际上就是他磨刀弄出来的。

虽然一切都说明是瓦尔特·隆曼亲手结束了自己的生命，一丝一毫他杀的痕迹都没有，他的尸体仍然被送到我们研究所来做尸检。犯人的尸体原则上必须做解剖检验，因为不能完全将犯罪的可能性排除。

尸检时，我们在死者颈部发现了数条很深的割伤，从伤口处可以看到切开了的右颈动脉和喉头内部。另外，在双手的手腕内侧可以看到若干条相互平行的表层割痕，但都没有伤到动脉，只是划开了皮下静脉。没有发现其他伤口（比如小臂处因自卫造成的伤痕，可证明曾经发生过打斗）。由于死者大量出血，尸斑出现的时间很晚，肺、肝、肾等内脏器官明显变得苍白。瓦尔特·隆曼是因流血过多而死的，在做出了令人难以置信的事情之后，他自杀了。

他是个惯用暴力的人，有多次人身伤害的前科。他这一生都想用暴力控制"自己的"女人。他曾因为"家庭暴力"招致警察一再上门，以前与艾达·温特共同生活的住所，后来和贝蒂娜·隆曼的家，警方都曾登门。这两个女人都长期处于恐惧之中，不知道下一次家暴什么时候会降临。可以说他的行为在几十年前就已露出了苗头，而且没有任何变好的迹象。

瓦尔特·隆曼对他的现任妻子所做的不可理喻的事情——剜出她的眼睛——是一种著名的犯罪行为的核心，在犯罪侦查学上有个名称，叫"去人格化"。该名称来自研究暴力犯罪分子的重复行为模式，再对实际案例做出分析的术语库。每个罪犯的情况各不相同，但即使犯罪者截然不同，他们的人格背景、动机和行为模式也存在共性。换句话说，犯罪者虽然有其个体特殊性，却遵循着一种相似的模式。案例分析师（Profiler）从案发现场的蛛丝马迹中收集信息，归纳到这些模式之中。这种"去人格化"行为是一种对受害者恨意极深，意图侮辱受害者的行为。犯罪者的这种极具侵略性的、残忍血腥的作案方式常常导致极其严重的肢体残损或面部损伤，从而使受害者无法被识别。对于这种行为，心理学上给出以下解释：犯罪者想要剥夺受害人的身份特征，使之在某种程度上匿名化。这样的行为并不一定意味着犯罪者与受害者之间存在长期关系。与之相反还有另一种犯罪模式——撤销。这个词是什么意思，我们可以从莫恩克的案例中看到。

夜里两点，警局的紧急呼叫中心接到了一名女性的电话。伊芙琳·莫恩克惊慌失措地说，与她正在分居的丈夫刚刚打电话来，说要先杀死他们的儿子约纳斯，然后自杀。不到十分钟，一辆警车就停在了这对夫妻之前共同的住宅前，按照伊芙琳·莫恩克的说法，她的丈夫和儿子就在里面。

两位警察先是按了门铃，然后敲了门，但无人应答，于是他们破门而入，进到了属于约尔格·莫恩克的房子里。在屋里，他们看到这可怖的一幕：

从大门口开始，地板上放着几百支点燃的蜡烛。不是散放在房间里,而是排成两排——沿着走廊排开。两边的墙壁上挂着许多张 A4 纸,上面印着打出来的不同的照片,每张照片都有伊芙琳·莫恩克的笑脸,有的是和约纳斯一起,有的是加上孩子父亲的三人合影。打印纸上除了照片,上方还有大写字母写成的相似的句子:你把一切都毁了!一切都毁了!你抛弃了一切!是你毁掉这一切的!

卧室里躺着约纳斯,看起来就像是睡着了。他穿着睡衣仰卧在双人大床上,头微微歪向一边,胳膊在身旁,微微弯曲。在他的脑袋两旁,放着两支点燃的蜡烛——他受洗时的蜡烛和他父母结婚时的蜡烛。在这死去的男孩身体旁边,还放着六张父母的结婚照,整整齐齐地对称排列在两侧,还有一张尺寸更大的,靠在床头。床脚处,约纳斯脚下一点儿的地方,放着一张他画的画。画上画着幸福的一家三口坐在房子旁的树下,头上是微笑的太阳。底下写着:哈啰,妈咪,在长眠之前向你致以最后的问候!我爱你!你的约纳斯。

蜡烛的摆放,死去的孩子的头部和身体旁边的照片,还有床头的大幅结婚照,让人不由得感觉犯罪者像是把约纳斯放在了灵床上。

但是,这样做究竟原因何在?目的又是什么?那时他身上到底发生了些什么?

实践案例分析将犯罪者的此类行为看作"情感赔偿"——这里就可以用上"撤销"这个名称了(从英文"to undo"而来,表示将某事变得不可见,或者退回上一步)。其背后的理论是这样的:犯罪者对其行为感到懊悔,希望能够在某种象征性意味上撤回此行为。犯罪者会试图通过例如将受害者遮盖起来，或者像在这起案例中，把受害者伪装成像是睡着了的状态，来完成撤销。此外，将受害者的双手合拢，为之擦去血迹，遮挡或包扎伤口，都是典型的"情感赔偿行为"。

一旦我们在尸体发现现场找到了相应的证据来证明存在"撤销"行为，就可以得出犯案者与受害者之间有很深的情感联系这一结论。

"撤销"只是此案中表演性行为的一部分，其他的部分——蜡烛、海报和电话，则表达了他想要见到弃他而去的妻子的愿望。

十个月前，三十二岁的伊芙琳·莫恩克与丈夫分居，带着约纳斯一起，搬去与儿子十四岁的朋友同住，她与这名少年已经有将近两年的秘密关系了。因为另一个男人介入而导致与妻子分居，令约尔格·莫恩克受到了很深的伤害。另外，不能每天和自己的儿子在一起，也让他的心情十分沉重。他的精神状态急剧恶化，以至于连请了几个月的病假。不过，在一家精神病院住院数周之后，他的状态看上去稳定了很多，可以把约纳斯接来一起度周末了。一开始是几个小时，后来也会过夜。约尔格·莫恩克始终住在他们过去共同居住的房子里，虽然这房子应该被变卖。

显然，他的精神状态并没有稳定下来，更不用说接受与妻子的分离了。

可他为什么要花这么大的力气，如此大费周章地布置那条通向他死去的儿子的路呢？

答案很简单，同时也令人毛骨悚然：他给妻子打电话，是希望她认为约纳斯还活着，然后马上来找他，让他放弃原本的计划。如果伊芙琳·莫恩克真的这么做了的话，她会是第一个抵达她原来的家的人。约尔格·莫恩克所做的一切，包括种种表演，都是为她准备的。而她会和警察一样，看到那些蜡烛和烛光中的道路。沿着这条道路，她将带着无法形容的恐惧，跟随着儿子，经过墙上那几百张 A4 纸，上面印着满是回忆的照片和责难的话语（你把一切都毁了！）。这一切将唤起她的负罪感，然后到头来她会发现自己来得太晚了，约纳斯早已死去。

约尔格·莫恩克想要残酷地提醒离开了他的妻子，她有罪，而他们共同的儿子的死，正是对她造成家庭破碎的惩罚。

警官们在房子的地下室找到了约尔格·莫恩克。他在天花板横梁上上吊自杀了，脚下放着一封手写的遗书，在遗书里，他描述了自己备受煎熬的心情。他向约纳斯解释道："我必须离开，因为你妈妈想要那样。"约纳斯求他留下来，或者至少带自己一起走。于是，在午夜时分，他扼死了自己的儿子。

我们的尸检佐证了信的内容，约纳斯的推测死亡时间大约在午夜前后，他父亲死于两小时之后。

约尔格·莫恩克不仅终结了自己的生命，死前他还杀死了他人——他自己的儿子。瓦尔特·隆曼在牢房里自尽之前，试图杀害现任妻子与前妻。这两起案例中都涉及"扩大性自杀"

的概念。

所谓扩大性自杀,指的是某人决意自杀,并在自杀之前直接杀死身边一个或多个人的情况(多为自己的孩子、配偶或伴侣)。

扩大性自杀也被称为"携带自杀"。英语美洲地区的法医们将其称为"谋杀式自杀"(murder-suicide),这种叫法无疑更接近实际情况,因为在这类自杀案件中,被杀的人并非自愿结束生命,而是成为杀人行为的受害者。而那些决意自杀的人,均在结束自己的生命之前,已实施或者至少试图谋杀他人。

另外,扩大性自杀这个概念,只能用于决定自杀的人(在杀害了一人或多人之后)最终确实自杀而亡的情况。如果他或她虽然有自杀行为,最终却活了下来(因为所选择的自杀方式不当而失败,或者自杀决心突然不够坚定),从法律角度来讲就仍然是杀人罪,将按照个案中的动机与行为模式,以谋杀或故意杀人罪起诉当事人。如果瓦尔特·隆曼没有在刑拘期间自杀的话,检察官将以两起杀人未遂案对他提起诉讼。

我们法医研究所的档案里写满了这种扩大性自杀的悲剧事件。少数案例中,如同"普通"自杀事件一样,极度的绝望是作案动机:人们看到自己和身边亲密的人受到威胁,并且觉得走投无路。

二十二岁的玛伦·莫根洛特用手帕捂住了自己一对未满周岁的双胞胎的口鼻,令他们窒息而死。然后她从五楼的家中跳了下来，摔成重伤，却留下一命。她的动机来自经济方面的忧虑。劳动局给她发了一则错误的通知，告诉这位失业的单身母亲，她的第二类失业救济金（哈茨Ⅳ救济金①）将被取消，且该决定不能更改。在她杀死自己孩子的两天后，劳动局撤回了该通知。玛伦·莫根洛特本不应该遭遇这一切。尽管她在跳楼之后又活了四个月，最终还是在柏林一家医院的特护病房里死于肺部感染，其间始终没有恢复意识。

当然，这则案例属于特殊情况，主要表现在两个方面：

一方面，大多数情况下，扩大性自杀往往是男性做的。另一方面，与由于政府部门工作失误而觉得自己的小家庭无路可走，因此闷死了双胞胎孩子的玛伦·莫根洛特的做法相反，男性不会仅仅因为找不到出路而选择扩大性自杀。而且通常来说，他们会去伤害导致他们陷入此境地的人。

显然，约尔格·莫恩克坚信，杀死自己八岁的儿子约纳斯是帮了他一个大忙。而且很明显，他从未考虑过要杀害前妻。那么，对于他在犯罪现场的种种表演就只有一种解释：他是如此恨她，以至于他想让她活下去，活在丧子之痛中，活在他加诸她的导致家庭破碎的负罪感中。

什么样的人会成为扩大性自杀行为的受害者呢？在差不多所有此类案例中，犯罪者都是在深感侮辱的情况下做出这种反应的。而引发这种感觉的原因几乎都是分手——或者威胁

---

①哈茨Ⅳ救济金：德国自二〇〇五年起实行的社会救济保障制度，由设计者彼得·哈茨博士而得名。该制度规定，失业一年以上的失业者应领取第二类失业救济金，以保障家庭最低生活。

被分手。在犯罪者看来，这不是一件用正常世界的语言能够解决的事情。作为一个人，他感到被拒绝。于是，一次分手就成了一起致命犯罪。

情欲爆炸

那座已经有些破旧的五层建筑建于二十世纪七十年代，此时它所在的街道有很长一段被封锁了。若干辆闪着蓝色灯光的警车阻断了车道，封锁了约八十米长的道路，红白相间的隔离带也拉了起来，隔离带后面更是已聚集起几十名看热闹的围观者——虽然此刻是星期天的清晨。那座房子前停着一辆消防车，许多名消防队员跑来跑去，忙个不停。我看见凶杀案件侦破组总督察戈尔德·布雷默在路障后面，就挥手和他打了个招呼。我们曾在许多案件现场碰过面，彼此熟识。他朝隔离带前面的一位警察打了个手势，把我放了进来。来到这座建筑跟前，我才看到了损毁的规模。上层所有窗框均从楼体墙面剥落，只剩一部分还摇摇欲坠地挂在那里，威胁着街上行人的安全，吓得我不由自主地后退了几步。几个小时前还装着窗玻璃的地方，如今是四个撕裂的黑色大洞。街道以及两侧的人行道上，到处都铺满了大大小小的玻璃碴儿、木头片儿、墙体碎屑，还有一些分不出是什么的残块。

这景象让我想到了新闻里对几天前发生在以色列的一起自杀式爆炸袭击的报道。又是在耶路撒冷发生的，一名男子，身上缠裹着装满炸药的腰带，把自己炸飞的同时导致熙熙攘攘的步行街上数名行人死亡，留下一片炸毁的痕迹。

而在这里，不同的只是没有行人伤亡。由于事件发生在凌晨时段，街上恰巧空无一人。被炸得四处飞溅的碎片只是损坏了停放在地面车位上的多辆汽车。

我们这些法医被召唤到尸体发现现场时——在柏林，这样的事情每年会发生六七十次——要对各种不同问题进行调查。比如说，我们可能会去判断，死者的死因究竟是刺伤、枪伤，还是被击打致死。这样调查人员就能知道，他们应该去搜寻的是一把什么样的凶器。

除了尽可能准确地界定出死亡时间范围之外，在现场，警察还会期待法医提供一份准确的评估，判定该案件是否为暴力犯罪案件。我们必须尽可能快速地给出这些问题的答案，因为，举例来说，如果对凶器的搜寻进行得顺利，并且能及时找到的话，在许多案件中，调查人员就可以据此找到疑犯了。在这次的案件中，法医所估计的死亡时间（往往还包括犯罪时间），能够帮助警方划定作案者范围，进而查验其不在场证明。而负责案件的探员越早拿到这些数据，就能越高效地开展工作。所以，全德国每一家法医研究所都设立了二十四小时出勤的值班制度。我们常常听到一句关于法医的玩笑："你们的病人可以等待，因为他们再没什么可着急的了。"但其实并非如此。

这个星期天的凌晨四点一刻，我的手机铃声响起来，我还在沉沉地酣睡。电话是刑警执勤部门的一位警官打来的，虽然是凌晨，他的声音听起来比我的要清醒多了。在听他说打电话来的原因时，我还有些迷迷糊糊的：夜里约两点五十分时，一家妓院楼上发生了爆炸。在对这座位于市中心附近的大楼进行疏散的过程中,行动部队在瓦砾中发现了一名死者。命案侦破组已赶往现场。爆炸发生的原因尚不清楚,在现在这个时间点上,这是否为一起犯罪案件,还是属于事故,尚属未知。因此,现阶段的调查要朝各个方向推进,为了把握形势,需要一位法医在场。

为了不把家人吵醒,我轻手轻脚地穿上了衣服,稍后便踏上了去现场的路。

戈尔德·布雷默总督察只比我早到一小会儿,对于大楼内的情形,他和我一样所知甚少。不过,有很多合法妓女住在这座楼里的公寓,她们在这里"做生意",这一点是众所周知的。此时大楼已被清空,总督察的同事已经回局里审讯第一批证人了,现场痕迹保护部门人员随时都会抵达。

我们俩向大楼走去,迎面有两名消防员从大门里出来,手里拿着呼吸防护面罩,其中一位就是这次行动的指挥官。他告诉我们楼里没有再次爆炸的危险,大楼也不会倒塌,我们可以进去了。他已经排除了瓦斯爆炸的可能,并判断这次爆炸是由炸药引起的。发生爆炸的公寓位于五楼,里面没有火情,有一名死者——或者准确地说,有死者残存的部分。

我们上到五楼,其间各自穿好了用以保护证据的白色工作服,还有两名刑侦技术警官和一名警务摄影师加入进来。总督察发现的第一件事,就是出事的公寓,大门没有任何暴力闯入的痕迹。房门完好无损,门槛内却是一幅灾难景象。这间开间公寓门内有一条三米多长的走廊,通往约三十平方米大的房间。走廊里就散落着大量碎片,在炸得只剩残骸的里间房门和门框旁边往里看,首先映入眼帘的是无数家具和装修材料的碎片。木头和金属碎渣像子弹头一样嵌在走廊的墙上,保险箱里有一个电闸闭合了,这代表着一定有某个地方发生了短路。

踏入爆炸发生的临街房间,我们马上就闻到了浓重的黑火药味。这种气味人人都很熟悉,只要你在除夕夜里闻过燃放烟花后形成的雾气,或是在射击场上朝着靶子开过几枪的话。

死者躺在这一片废墟之中,就在门的右边。那男人四肢伸展,身体左侧朝下,躺在一个被炸毁的沙发前。虽然他的身体有一半被炸碎的家具、墙体碎片和粉尘盖住了,但我们还是可以一眼就看出他伤得有多重。墙体碎片来自天花板上的一个宽约八十厘米的洞,这个洞正是房间里发生的这次威力巨大的爆炸造成的。死者上身穿一件黑色皮夹克,内搭黑色羊毛衫,两件衣服的背部位置都被撕去了一大块。裸露出来的肩膀裂开一条巨大的伤口,皮肉星星点点地散开。男人的头颈与身体仅靠几厘米宽的皮肤相连。另外,他的后脑勺上还开了一个大洞。

尸体旁边有一根灰色的电线,被瓦砾半埋着。电线的一头散成一缕一缕的,另一头用红色的绝缘胶带和一根黑色电源线绑在一起,电源插头在墙上的一个插座的不远处。破破烂烂的沙发背后的壁纸上有一大块引人注目的血迹,已经差不多干了,仅仅中间部分还泛着一点点湿润的闪光。除此之外,墙上,以及炸碎了的沙发上,都粘着大量红红黄黄的人体组织碎片，还有部分人脑。房间里其余的家具和设备也都受到了严重的损坏。

戈尔德·布雷默的手机响了起来，此时太阳正缓缓升起，阳光穿过爆炸炸出来的窗洞射了进来，照亮了这幅怪异的景象，给人留下极深的印象。电话是他的一位同事打来的，这位同事不久前从这里带走了第一批证人回去审讯。有一名爆炸发生时正在下面一层"做生意"的妓女似乎能提供一些关于死者身份的线索。她说在听到震耳欲聋的爆炸声，胆战心惊地跑下楼来到大街上的四十五分钟之前，"那个阿道夫"去按过她同事布萨拉·萨恩松的门铃，而楼上那间被炸毁的公寓，正是布萨拉用来提供性服务的场所。证人不知道这个男人的真实姓名，只知道他是那个泰国女人的常客，而且在过去几个月里"越来越纠缠不休"，这些天他几乎每天都到妓院来。由于这个男人留着一撮修剪得很特别的小胡子，还来自奥地利[①]，所以她和她的女同事们就给他起了这么个外号。那位警官还在电话里说，已经通过电话跟布萨拉·萨恩松联系上了，正派警车接她来接受调查。

布雷默总督察挂断电话后俯下身去看死者，伸手在皮夹克的内袋里翻了翻，找出一个钱夹，里面有一本奥地利护照，上面写的姓名是阿洛伊斯·霍恩辛纳，签发日期就在几个月之前。我也弯下腰去，直到可以将死者的头转向我这边。死者的两个鼻孔都流出了点血，除此之外，脸上仅有一点擦伤，

---

①暗指阿道夫·希特勒。

并无其他伤口。我一下子就看到了证人提到的"希特勒式的小胡子",通过与护照上的照片进行对比,我们认定,爆炸中的死者就是护照持有者,四十三岁的阿洛伊斯·霍恩辛纳。

当法医被召去处理一起爆炸事件的时候,我们要帮助回答这样几个关键问题:这起爆炸是一次事故、一起自杀事件,还是有计划的谋杀?在还没开始查看尸体之前,我就已经几乎自动地在脑海里推演各种不同的场景了——这是怎么发生的?为什么会发生?我就像一名家庭医生或者内科医生一样,一位病人因为"肚子疼"到我这儿来就医,而我在心里思考着可能出现的各种不同的诊断,一一确认,直到它们被排除或者被验证。

大部分情况下的结果是:事故。事故原因则大多是对燃气管或储气罐进行错误操作引起的瓦斯爆炸,抑或在弹药或烟花生产等相关危险化工行业内发生的爆炸。与此相对,某人把自己炸飞并殒命,是极端罕见的情况。不过,十二年前,我们也曾被委托处理过这样一起案件。自杀者把自家厨房的门窗缝隙用黏土封住,拧开瓦斯,但不打火点燃燃气炉,而是点燃若干支蜡烛。等空气中的瓦斯浓度达到易燃值时,烛火就引起了致命的爆炸。

绝大多数情况下,使用炸药自杀也是很罕见的(这与自杀式爆炸袭击不同,不可混为一谈。在德国,迄今为止,我们很幸运地没有受到自杀式爆炸袭击的威胁),用炸药进行谋杀也是同样罕见的。也许您还记得因为仇外引发的邮件炸弹系列案，发生于一九九三到一九九六年间，是奥地利悬而未决的谜案，并夺去了四个人的生命。我自己也曾处理过一起使用炸药实施谋杀的案件。几年前，我曾作为法医鉴定人参与了一桩案件，在该案中，一名男子被放置在饮料厂男更衣室衣柜里的管状炸弹炸死。该案的调查结果是，被害者与一名同事的妻子有染，这名同事在得知此事之后，精心设置了炸弹。还有一次，汉堡的一个皮条客，为了争夺红灯区的长期统治地位，"成功地"将汽车炸弹安在了讨厌的竞争对手改装过的跑车下。

那么，妓院里的这名死者有没有可能也是一起红灯区炸弹袭击事件的受害者呢？消防队的专业人士已经排除了瓦斯爆炸的可能，但这依旧有可能是一起事故。比如说不能排除这样的情况，有人为了某种目的，把炸药存放在或者藏在妓院的五楼。通常来说，在这种情况下，调查员必须将看起来似乎并不太可能的情况也纳入考虑。例如，鉴于如今全世界都受到恐怖主义的威胁，不能排除在准备暗杀期间发生了炸药意外爆炸的可能。如果是这样的话，尽管存在谋杀意图，但这仍然应该被定义为一起意外事故。

我在到达爆炸现场四小时后开始对死者进行尸检，此时仍有很多不同的情形值得考虑。对枪击和爆炸事件的受害者做尸检时，X光检查属于标准程序的一部分，帮助我们在解剖尸体之前就能对死者的伤情有一个清晰的了解，知道其体内是否藏有子弹或金属碎片，以及它们的位置。阿洛伊斯·霍恩辛纳的 X 光图像显示，他的肩部和颈部多处骨折——考虑到他的头几乎完全掉了下来，这丝毫不令人惊奇。但其体内并无爆炸碎片或其他异物。颈部脊骨和胸脊上部的断裂，以及由此导致的脊髓和所有颈部血管的断裂，在一瞬间导致他死亡。此外，心脏附近的胸动脉和气管也被炸断，因此引发双肺多处撕裂。流出的大量血液几乎灌满了他胸腔两侧一半的空间。头上大洞周围长达四厘米的头发被爆炸产生的热量烤焦，只剩下几毫米长。颅腔内的大脑仅剩下一些鲜血淋漓的残留物，爆炸将颅底炸得粉碎，脑袋两侧的鼓膜也被爆炸彻底撕碎。

能够造成这样的伤害，爆炸物一定是在非常靠近他肩颈部的地方起爆的。至于爆炸物的类型及来源，刑侦技术人员之后会详细地告诉我们。另外，死者体内大部分器官同样被爆炸损伤：肝和脾都大量失血，且多处撕裂，大肠和小肠从它们应在的位置流到了腹腔中。

在肩部宽阔的伤口下，死者背部尚且完好的皮肤上覆盖着一层薄薄的黑色油状物——很可能是爆炸后剩余的一些炸药。我拿了几个脱脂棉球，在油层上轻轻地拭取了一些，这样稍后就可以在实验室里分析它的化学成分，从而取得关于炸药种类及来源的线索。我还在死者的手指和掌心做了涂片取样。虽然肉眼看不出此处有什么，但回到实验室应该就能检验出微量的炸药痕迹，如果阿洛伊斯·霍恩辛纳碰过这炸药的话。

在伤口边缘，我发现裂开的皮下脂肪组织里，以及其下的肌肉组织里，散布着一些小小的铜质电缆碎片，还有极少量蓝色塑料碎片。我同样让解剖助理妥善保管了，因为这可能与点火装置相关。如果是的话，将为刑侦技术人员带来点火器种类与来源的线索。

我们在阿洛伊斯·霍恩辛纳的心脏处找到了一个重要的线索：发现心脏内膜大面积出血。人体遭受其他严重的创伤后，比如说从高处坠落，或者被一辆大卡车碾轧，也可以看到这个现象。总之，出现这一现象的前提是，当事人受到强大外力影响时，心脏和血液循环仍然运转正常。因此，这种"失血致死的出血"就是一个明确的证据，表示受害人遭遇暴力冲击时还活着。

于是，对当前这桩案件来说，就可以排除例如有人先杀死了阿洛伊斯·霍恩辛纳，然后为了毁尸灭迹而引起爆炸的可能了。与此同时，调查员们已经确认，爆炸发生的时刻，这个奥地利人是独自待在妓院五楼的公寓里的，因为如果还有其他人在场的话，将同样会被炸死，至少也会身受重伤。而走廊里无任何血迹，如果有人受重伤后离开公寓的话，必然会留下血迹。

我们做完尸检的时候，对妓女布萨拉·萨恩松的审问也结束了。这名出生在泰国的女人能说一口很好的德语，她告诉警察，她是四个月前遇到阿洛伊斯·霍恩辛纳的，当时他第一次到这家妓院来。按她的供述，那天以后，他来要求她服务的频率越来越高，最近几周他越来越多地逼她放弃妓女这个工作。他说他爱她，从来没这样爱过任何人，他要和她"开始一段新生活"。布萨拉·萨恩松足够理智，分得清工作和私人生活，尤其是她与她的这位追求者完全没有相同的感觉。对她来说，他跟别的顾客没什么两样，不过是赚他们的钱罢了。她毫不掩饰地说，出了妓院房间后，这些客人她一个都不想见到。尽管最近几天里他的纠缠令她不胜其烦，不过他倒是没说过什么难听的话，更没有任何暴力行为。他给她发了好几十条短信，内容几乎一模一样，全都是表达对她的爱，还有畅想他们的未来生活。他几乎每隔半小时就给她打一通电话，二十四小时昼夜不停。爆炸前一天他来过她这儿两次，临近中午那次她跟他发生了性行为，他也为此付了钱。下午他又来了一次，这回是来找她谈论他们共同的未来的。她没怎么跟他聊这个话题，倒是挺担心那两个在妓院里看场子的男人，怕他们把他扔出去。他们对待别的纠缠不休的客人，或是不愿意付钱的嫖客都那样。阿洛伊斯·霍恩辛纳把场面搞得非常戏剧化，他反反复复不停地喊着布萨拉的名字，说着他疯狂的誓言，在妓院里面和妓院门前都引发了小小的轰动。接下来的几个小时里，他用短信和电话对这个妓女进行狂轰滥炸。到傍晚时，这些试图联系的尝试出人意料地停止了。但凌晨一点到两点之间的某个时刻，他突然出现在妓院大门前。当时他说他带了一大笔现金来，而布萨拉·萨恩松正好刚送走最后一个客人，于是就让他进来了。然而她很快就发现霍恩辛纳并没有带钱，只是想再来游说她一次，让她跟他走，开始新的生活。因此，这个工作了一整天、疲惫不堪的妓女此刻觉得真是受够了，她拿起手包和钥匙，把阿洛伊斯·霍恩辛纳留在了公寓里，一走了之。

阿洛伊斯·霍恩辛纳可以用钱买到布萨拉·萨恩松的身体，却买不到她的爱。他不承认，也不接受这一点，反而任由自己对她的感情发展出病态的特征。很显然，霍恩辛纳变成了个花痴色情狂。这个词德语写作 Liebeswahn，或者 Erotomanie（在希腊语里，Eros 是情爱、渴望的意思；Mania 是精神错乱、激动狂热的意思），指的是某人对另一个人的单相思发展为强迫症的情况。大多数情形下，这种妄想中的感情都指向不可得的某人，常见于大众偶像身上。此外，这种强迫症会引发完全不同的行为。有的"恋爱中的人"会默默体会自己的感受，并不会去尝试联系渴望的对象；但也有人通过跟踪，或是打电话、发短信、发邮件等方式，硬要进入所崇拜的人的生活，就像阿洛伊斯·霍恩辛纳在本案中那样。这类行为也会非常顺畅地过渡到尾行跟踪的程度。

"尾行跟踪"这个概念由英文单词 Stalking 而来，直到几年前，这个词还只是用在猎人的行话里，指潜伏盯梢。而每一个花痴色情狂都有可能发展出尾行跟踪的行为，但不能倒过来，并非每个尾行者都是出于花痴的动机。很多跟踪者骚扰受害人，只是为了折磨和刁难。持续不断的非自愿接触及因此产生的被迫接近，会给被尾行者带来很大的压力，致使他们遭受心因性疾病折磨，比如头痛、胃痉挛，甚至让他们心灰意冷或者沉溺于抑郁之中。一些读者可能会感到惊喜，自二〇〇七年起，德国的《刑法》法典已将尾行跟踪定为一项独立的犯罪行为了，可以依照《刑法》第二百三十八条，给做出"跟踪"行为的人定罪，判处最高三年的监禁或罚款。

不过，虽然法律条款得到了改善，但司法部门通常还是没有能力为尾行跟踪的受害者提供足够的保护。

两天后，从国际刑警组织那里传来了关于阿洛伊斯·霍恩辛纳的决定性信息，根据这些信息，我们就可以为这起案件的情况与背景画出一幅清晰的图景了。四年前，他在故乡经历了婚姻破裂，此后他离开奥地利，主要在德国生活。他一直有工作，但不会在一个地方停留很久。而霍恩辛纳的职业是，爆破师！

到被炸死的时候，他欠不同的金融机构总共二十万欧元的债务。在过去的几年中，他多次从不同的金融机构贷款，总是用新的贷款来还已经到期的款项。仅仅在死前的三个月里，他就新增了六万欧元的债务。他月薪的一大部分被定期扣押，在奥地利的房子正等待着被强制拍卖。伴随经济困窘而来的是家人的绝情，由于他没有支付抚养费，他的前妻不仅不再与他联络，并且拒绝让他再联系他们的三个孩子。据他前妻说，他"跟女人的那些事"，那些"倒霉的贱货"导致他总是缺钱，因为阿洛伊斯"就是个色鬼"。对此，他的兄弟和母亲也都没有表达不同意见。这个说法在某种程度上得到了证实，因为在死前的三个月里，霍恩辛纳曾多次往一个泰国的账户汇款，而该账户的所有者是布萨拉·萨恩松的一位亲戚。当警察对此进行询问时，布萨拉·萨恩松大方地承认曾求他给她在泰国的家人以经济支持，她答应会相应地好好考虑与他进一步发展的可能性。另外她几乎天天为他提供性服务，当然还是要收钱的，不算在汇往她老家的资助里。

刑侦技术检验的结果扫清了最后的疑问：对阿洛伊斯·霍恩辛纳的身体和手部皮肤取样涂片的检测结果与猜测的一样，那层黑色油膜正是残留的炸药，硝酸铵和硝酸纤维素。这两种化合物是所谓凝胶炸弹的典型成分，它们被灌进塑料套管（"雷管"）里，用于建筑物或山体爆破。此外，还在阿洛伊斯·霍恩辛纳的手上发现了微量的三硝基甲苯，更为大家熟知的是其缩写——TNT。刑侦技术人员通过鉴定得出这样的结论：为了达到期望的效果，他"还植入了一小块TNT"，正如炸药专家在专业术语中所称。阿洛伊斯·霍恩辛纳将引爆装置用胶带固定在自己的脖子上，然后通过一个电子点火器将其引爆。死者身上那些铜质电缆碎片和蓝色的塑料碎片就来自这个电子点火器，用作点火导线的蓝色电线也在死者身旁发现了。当霍恩辛纳将电源插头插入墙上的插座时，爆炸就在一瞬间发生了。同时爆炸引发短路，因此，固定在走廊里的电路保险箱里有一个电闸是合上的。

警方的爆炸专家们这样说，"伤害图像"表示阿洛伊斯·霍恩辛纳使用的炸药总量相对较小，只有二十至四十克。显然，他是想避免伤及他人。如果他使用大得多的分量"来实施计划"的话，那么，爆炸时待在大楼里其他公寓中的那十一个人，肯定不会有任何一个能够幸免于难。

我们的毒理学检测结果表明，阿洛伊斯·霍恩辛纳并没有受到毒品的影响。他的血液中只有千分之零点四的酒精含量，也未检出其他毒品和药物。

迄今为止，不论是在奥地利还是在德国，阿洛伊斯·霍恩辛纳在警局都没有案底。在过去的几年里，他曾为轨道和隧道施工领域的几家不同的公司工作过，死前作为爆破主管，在德国北部修建一段铁路。命案侦破组的警官们询问了他曾任职的几家公司，均没有发生炸药盗窃事件。又重新调查，也没有哪家公司发现丢失了材料。但是这几家公司的负责人都明确地说，对阿洛伊斯·霍恩辛纳来说，要想在别人不注意的情况下拿到一些炸药应该是很容易的。比如说，安装用于装载爆炸物的钻孔是由爆破师全权负责的，因此没人会去检查每次具体使用的炸药量是多少。

最后，命案侦破组在案件说明中写道："被告阿洛伊斯·霍恩辛纳应被判有罪，因其出于自杀的目的，引起了本说明中谈及的炸药的爆炸。在调查过程中没有任何证据显示还有第三者参与其中，鉴于他拥有如何使用爆炸物的专业知识，也可以排除在操作过程中发生意外的情况。因此，这是一起故意引发的爆炸事件。他的经济困难应作为动机进行考量，调查中未发现其他的动机。"

在我看来，他对于布萨拉·萨恩松那得不到回应的爱情是另一个很强的自杀动机，但即便能证明，也不会改变最终的鉴定结果，以及根据鉴定得出的死亡调查结论：阿洛伊斯·霍恩辛纳并非死于一场事故，也不是杀人案件的受害者，他是用一颗亲手灌注炸药的炸弹，结束了自己的生命。

阿洛伊斯·霍恩辛纳的职业是爆破师,他使用所学的专业技能,为自己的人生画上了句号。只是这次他炸上天的不是岩石,而是他自己。很难有人把一场自杀策划得比他更有示范性了。

对于霍恩辛纳的所作所为,在法医学中有一个专门的术语:"工作相关性自杀"。这一现象指的是,某人运用其在职业领域中掌握的技能和专业知识,制订计划并完成自杀。当然,仅限某些特定的职业群体,才有可能在不遇到任何问题的情况下获得对于其他人来说很难或者不可能得到的炸药、武器、化学药品或毒品。工作相关性自杀的案例包括警官或者猎人使用枪械,化学家使用氢氰酸,园丁服用杀虫剂,电工用电,或者医生服用某种特定药物(比如可以让心率变缓的药品,再加上 β 受体阻断药或者胰岛素)。在这些例子中,自杀者拥有无限的想象力,他们还常常能细致惊人地执行计划。这一点在一位三十八岁电工的案例中得到了更好的展示。

这个男人已经有三周之久没去见他的精神科医生了,这十分反常,因为他患有严重的抑郁症,他的家庭医生紧急推荐他去做有药物辅助的谈话治疗,于是他每周都会在固定的时间去做治疗。精神科医生给这位病人打了好几通电话,却都联系不到他。医生报了警,两位执勤警官叫来开锁服务,打开了这位受过培训的电工的家门。

单单从大门散发出来的气味就预示着不会有什么好事发生,警官们发现男人躺在地板上,尸体已开始腐烂。无须更多的勘查，就能看出现场是他精心布置的：在他的胸部和背部，对应心脏的位置，各用胶带贴着一枚五分硬币。两枚硬币上都连着一根末端剥掉了绝缘外皮的电线，电线的另一端连着定时器。警察发现尸体的时候，定时器还插着电源运行着。尸体旁边的地板上，以及一张写字桌上，放着很多手写的字条。这些"字条"上面写着数字编号，记录下了精细的准备过程：用酒精擦拭皮肤，浸湿硬币，贴上两大块胶带，拔掉电话线，对定时器进行相位测试，把下面的滑动开关扳到中间，插上电源。从计时器的存储设定中我们得知，把计时器"拧上"之后，这名电工还活了三个小时。然而，在这三个小时里，他已无法中断自己的死亡进程。因为在化学毒理检测中发现，他的血液中有浓度极高的强力安眠药，高到几乎可以致死的程度。他是在熟睡中死去的，而这也同样体现出他的精心设计：毒理学专家计算了一下，当电流把这名电工电死的时候，他正处于药效最强、意识最淡薄的阶段。

阿洛伊斯·霍恩辛纳没写任何字条，炸弹也不是通过定时引爆装置引爆的。当他被人从妓院里扔出来，随后，那个让他魂牵梦萦的女人不接电话也不回信息，他便开始了细致的准备。他用上专业知识，制作了一个炸弹，算好了炸药的用量，尽量保证不伤害到其他人。这桩案件的特别之处在于：这名受过专业训练的爆破师还留了一个所谓后门——他又做了一次尝试，去劝说"他的心上人"。大概他自己也不相信能够成功，因此随身携带着他的爆炸性自杀工具。而这最后一次劝说布萨拉·萨恩松将来和他一起开始新生活的尝试也失败了，于是，他终于用上了这个提前准备好并带来的东西。

我们不知道的是：如果布萨拉·萨恩松没有不管他、简单地一走了之，阿洛伊斯·霍恩辛纳又会怎么做呢？他仍旧会引燃炸弹，拉着她一起死吗？那样的话，这就成了一起扩大式自杀事件了。又或许，这个被人轻蔑地拒绝，同时又破产了的男人会去找个清静没人的地方，实施爆炸行为？引人注意的是，在他试图游说的过程中，至少按照布萨拉·萨恩松所说的，一次都没有用自杀或者炸弹威胁过她。

在爆炸发生将近两周之后的最终审讯中，布萨拉·萨恩松冷漠地听完了调查结果。包括期间提到阿洛伊斯·霍恩辛纳经济上的巨大问题的时候——在这个问题上，她在某种程度上并非无辜——她也始终保持冷漠。那间妓院五楼的公寓几天前重新装修了，没有任何东西能让人想起不到两周前这里发生了一起爆炸事件，有一个人在爆炸中丧生。布萨拉·萨恩松又像往常一样做她的生意了。

"生活在继续"——结案后，布雷默总督察用这句话结束了跟我的通话。生活就是个婊子，我想，但是并没有说出口。

编织精密 ———

我的一位同事以鉴定员的身份出庭一桩刑事诉讼审判，在这起案件中，两名男子因杀害一名严重伤残人士而被起诉。他在法庭上给出的口头鉴定除了阐明死因和尸检结论之外，还涉及死亡时间。关于这一点，要弄清的是，被告是否立即做了可以挽救或至少延长该男子生命的心肺复苏尝试。就此，我的同事报告了尸僵的形成、尸斑及其成形过程，还有直肠体温和环境温度的测量结果，并最终划定了受害者的可能死亡时间。

一位辩护律师对于推算结果颇为不满——它加重了他的委托人故意杀人的嫌疑——进而提出异议："众所周知，死人戴的手表会停在死亡发生那一刻。当您到达尸体发现地点时，死者的表指向几点钟呢？"

我同事应该是被这个问题惊到不知所措了，他没有回答，律师又把问题重复了一遍。我同事看向法官，并询问主审女法官，他是否需要回答这个问题。不过法官席上并没给他什么支持，相反，主审女法官问道："那么，死亡时间与手表显示的时间会不会有某种关系呢？"

每当我在课堂上讲到这个故事的时候，大家总是乐得不行。一位女同学大笑着建议说这应该去问手表制造商，对于这个说法我只能表示赞同……

如同所有想把自己的工作尽可能做好的人一样，我们法医也需要不断地深造、进修，以保证能掌握最新的技术方法。不过，虽然做了所有努力，参加了所有培训，听了所有报告，现实中我们这些法医仍然深一脚浅一脚地试探着，看上去始终被影视剧里的那些同事远远抛在身后。

影视剧中所使用的那些不可思议的创新技术总是让我感到震惊，而同样让我大为惊讶的，还有在电视里，法医们用一些最最简单的方法，就能准确地判定一个人是几点几分死亡的。我印象最深的是某集《犯罪现场》[①]中的一幕，法医把手放在死者的脚底，就能精确地认定死亡时间了。可惜，我现实中的同事，还有我自己，并不像虚构作品中的法医那样，拥有这种透视技能和一定程度上的超自然能力。在真实生活中，我们所使用的方法要稍微复杂一点儿，并且即便复杂，却还是不能每次都得到精确的结果。不过也许您仍然想要了解一下我们的方法：

首先，第一条原则就是，关于死亡时间范围的检查，要在尸体发现现场进行，绝不会在验尸间里。如果等到尸检的时候才做的话，就少了很多决定性的标准可用了——下文会解释这是为什么。不过，现场所做的推断通常可以被尸检结果证实，偶尔也会被驳回。

其次，是一条普遍原则：确定死亡时间的方法不是选择性

[①]《犯罪现场》(Tatort)，德国电视一台和奥地利电视台共同制作的长寿侦探剧，一九七〇年首播，现已播放逾千集。

使用的——比如根据某位法医所掌握的技能和个人偏好——而是要联合使用。只用一种方法得出的结论会过于模糊。

现在来一一介绍一下这些方法：

◇ 和每一位被叫到现场的法医一样，我在确定死亡时间的时候会首先检查一下尸斑（也称"死人斑"）是否已经出现，或者尸僵是否已经开始。人死亡后大约三十分钟，会出现第一批可以检测到的尸斑。心脏不再跳动后，血液循环也随之停止，血液中的红细胞——它们让血液和尸斑呈现出红色——也将无法被继续运送，于是，在重力作用下，它们就会沉降在血管中。

一开始，尸斑以小块蓝紫色斑点的样子出现，随后这些斑点会逐渐变大，如同我们所说的"汇合"在一起（德语 konfluieren，来自拉丁语 confluere，意为"流到一处"）。如果死者死亡时仰面躺着，并且一直未被翻动过，尸斑就会出现在背部。可惜反之推论并不成立。如果在死者的背部找不到尸斑的话，远不能说明他死亡时不是仰面躺下的。原因是：在死后最初的六到十二小时内，尸斑是可以"移动"的。如果一个人死亡时仰面朝天躺着，其尸体在随后的几个小时里被转成脸朝下趴着，那么身体背部的尸斑就会消失，并且，随着重力作用在血红细胞上，会再度出现在身体正面。

对于确定死亡时间来说，同样值得关注的是：在最初的二十小时内，如果用手指或者镊子在皮肤的相应区域按压的话，可以让尸斑暂时消失一小段时间。那些颇有语言天赋的人给这种情况找了个好听的专业词汇，"可压离性"。而那整个过程看起来的样子，您自己也可以模拟一下。比如说在夏天，当您用一根手指在晒伤的印子上按一小会儿：红斑会消失片刻，但手指松开后又会很快回来。这种生物学现象对于尸斑和晒伤来说是一样的，在这两种情况下，皮肤相应区域血管里的血液淤积程度都增加了，按压则可以让血液流动，并把血液"推开"。只不过晒伤所引起的血液通量增加是一个活体生物对于太阳的热量刺激产生的（健康的）反应，而尸斑则是由于血液循环停止，血管中的血液不再继续运输而产生的。

◇ 确定死亡时间时，重要性居于第二位的标准是尸僵。和尸斑一样，尸僵也是自死亡后约三十分钟开始形成。僵硬首先表现在下颌关节处，随后会出现在肩部和肘关节处，两到四小时后在髋关节和膝关节处也可以观察到。大约两天之后，尸僵现象会逐渐消失。而后，尸体的肘部、手指和膝盖等大小关节将能够重新活动自如。手臂和腿，以及手指、脚趾，都可以重新被外力弯曲或伸直。至于为什么在此期间会出现尸僵现象，至今也没有人能给出生物学上令人信服的解释。

　　写到这里，我很想澄清一个常见的误解：很多人认为，可以从死人的面部表情中读出他究竟是安详地与世长辞，还是直到生命最后一刻都受尽折磨。但很可惜——或者也许应该说很幸运？——这是不可能的，因为在死亡的那一刻，也就是伴随着心脏的最后一下跳动，整个肌肉组织就开始定型了。随后，程度越来越深的尸僵强化了这种全身肌肉被塑造出来的形态，以及随之形成的脸部肌肉的样子。如果有人是坐着死去的，尸僵将会导致双腿被"固定"在髋部和膝关节弯曲的姿势，而一个吊死的人则会由于尸僵保持拉伸的姿态。因此，死人张开的嘴巴，或者睁着的眼睛并不代表他或她在面对死亡时发出了惊恐的大叫，或者由于害怕而睁大双眼。而仅仅说明死亡发生时，他或她的姿势是站着或者坐着而已。因为肌肉张力不再存在，下颌还有下眼睑在整个尸体变得僵硬之前，受重力的作用翻折了下来，看上去就像脸上的表情一样。出于这个原因，有些医院和关怀机构直到今天还会给死去的病人包扎下巴——就是拿纱布在头上绕几圈，在尸僵出现之前及时帮死者合上嘴巴。

◇ 另一个确定死亡时间的方法是用电流脉冲刺激脸部肌肉组织。为此，我每次去尸体发现现场，都会带着那个法医研究所的所谓"现场工作箱"，里面始终都会放着一台特制的、内置电池供电的电流刺激装置。仪器的电极探针会被固定在死者的内眼角和外眼角，在死亡后六到八小时之内，死者的面部肌肉还能对电流刺激产生反应，之后就不会了。如果脉冲没有引起任何反应的话，我就知道，当事者已经死了很久了。

◇ 在人体死亡十二小时之内,如果滴入特殊的眼药水的话,人的瞳孔仍会有缩小或者放大的反应。在某些特定情况下,这种现象还会再延长几个小时。不过反应在用药半小时后才出现,所以建议不要把这项测试放到最后来做,除非你想获得一段强制性休息时间,并让现场所有调查员都被你惹恼。

◇ 最可靠的死亡时间确定方法是测定尸体体温与尸体发现现场的环境温度之差。测量环境温度时,需要测量不同位置和距离地面不同高度的温度,然后计算出这一个个数据的平均值。测量时我们使用的是一种特别研发的电子温度计("案发现场温度计"),这种温度计有一根约十五厘米长,却仅有几毫米粗的金属电极。这种特殊结构使它不仅能用于测定室温,还可以伸入死者的直肠,量取体温。

　　人体温度的冷却遵循着特定的规律,按照这个规律倒推,就可以计算出大致的死亡时间。初始数值为人类的普遍体温,也就是大约三十七摄氏度。人死之后最初的三个小时,体核温度几乎恒定不变,然后以大约每小时一摄氏度的速度降低。于是就可以根据相应的差值,推测出死亡时间了。不过,在特殊因子,比如衣物、体重、身体部位,还有户外天气以及空气对流等环境条件的作用下,这个本来很简单的计算会变得复杂一些。推测死亡时间的电脑程序会一一询问所有这些会产生影响的数据,从中计算出可能的修正参数，引入计算中去。不过，如果有人在死亡发生后、温度测量完成前，把窗子打开的话，所有这些人力和机器的辛苦都会化为徒劳。因为使用温度测定法的前提是，室温，或者更准确地说，环境温度，要在上述时间内保持相对恒定。而急救人员——他们往往是最先到达尸体发现现场的人——大多有个习惯，就是打开一扇窗户，"好让灵魂出去"。不管这个习惯是出于宗教的原因，还是出于个人职业道德，很可惜，它给我们的工作带来了困难。还好，幸运的是，大多数急救人员的处理方式变得越来越合理了。

通常，案发现场往往驻扎着由救援人员、警察和刑事技术人员组成的大队人马，这么多人至少可以引起小空间室温的快速上升。还有进进出出的调查员们，以及敞开的房屋大门或者公寓门，也经常给结果带来误差。

当这一切检查都结束之后，就该法医的手提电脑上场了。电脑上装有一个程序，用来计算死亡时间。我要把所有重要信息和测量结果都输入一个预先编好的表格里，也就是尸僵、尸斑、脸部肌肉组织的电流刺激性反应、（可能空缺的）瞳孔反应、体温、衣物和环境条件。程序将根据上述所有这些参数，计算出一个大致的死亡时间。

您也看到了，划定死亡时间是一件极为复杂的事情。即使非常细心谨慎地处理，也还是存在着一定数量、无法测量的部分，干扰我们给出一个精确的结果。除了上文提到的那些因素之外，还有其他潜在的影响要素，是法医在计算死亡时间时必须考虑进去的，否则他可能会得到完全错误的结果。

比如说，如果一个人在死前不久发高烧，体温将近四十二摄氏度，会怎么样呢？那样的话，如果运用温度法测定，即使倒推计算的过程完全准确，也会得出一个比实际要晚的死亡时间。因为死亡发生时，高出正常值五度的体温需要多花约五个小时来冷却。若真遇到这种情况，一桩杀人案件的受害者在死前发着高烧，并且这件事在确定死亡时间时不为人所知的话，那么犯罪者将有很大的机会根本不会被怀疑——因为在错误估算的死亡时间内，他也许会有不在场证明。

原则上说，处理儿童的尸体时，所遵循的规律与成年人不同：儿童的尸体冷却得更快，因为儿童身体的表面积与体积之比更大。所以，我们不能用通常的计算方式来确定儿童的死亡时间。

死前大量出血通常会导致尸体上只有很少量的尸斑，而且出现的速度大为减慢，或者根本不会形成。如果检查过于仓促或者流于表面的话，结果一下子就会出现半天或者整整一天的误差。还有就是中毒或者肌肉疾病的情况，不仅会影响尸僵的出现及强度，还会影响死后脸部肌肉组织受电流刺激时的应激性。

无须进一步详细介绍了，总之，在确定死亡时间的过程中，有很多不可测的部分。再考虑到有些信息在法医检测时甚至都还不知道（而且以后也没法知道，关键词：环境温度），就需要更多的想象力和乐观情绪，才敢宣称可以把一个人的死亡时间在事后推算至精确到分钟的程度。

相信技术的人们可能会期待，未来有一天，只要人们调查得够久、够精细、够努力，就会得到一个精确的结果。我本人却很怀疑这一点。数十年来，整整几代法医都致力于研究死亡时间的确定方法，然而还是不可能划出比正负两个小时更为接近的时间范围。而且想要非常难得的理想情况，也只有在死后二十四小时之内去检验才能实现。一旦尸体开始腐烂，上文所写的所有调查方式就都不能使用了。

出于这样的背景，我也能理解那些电影编剧颇具创意的种种努力，若要逼真呈现确定死亡时间的过程，那将占据影片很大一部分时长。有个经典桥段，是调查死者胃里的内容物。想要通过对胃里内容物的分析化验确定一个人的死亡时间，那我们需要准确地知道死者最后一顿饭吃了什么、是何时吃的，以及吃了多少。可是现实中，到底什么时候才会出现这样的情况呢？

死亡快感 ———

今年复活节，二十岁的妮可·韦特已经四次试着联系她二十三岁的男友克雷斯蒂安·布兰科了，她还给他发了短信，但均无回音。通常克雷斯蒂安很快就会回她短信的，拨通的电话也都进了语音留言信箱，她已经在里面留下好几条语音信息了。第二天，星期一，还是没有收到克雷斯蒂安的回复，于是她打给了他的父母。克雷斯蒂安的父亲，五十二岁的格奥尔格·布兰科，像以往一样沉默寡言，很快就挂断了电话。他们也有几天没有克雷斯蒂安的消息了，都还以为复活节时至少会收到他的一条简短的问候呢。

妮可·韦特知道，克雷斯蒂安的父亲手里有男友住处的钥匙，那是一间有两个房间的公寓，距他父母家只有几个路口。在妮可的多次恳求之下，格奥尔格·布兰科同意去儿子那边看看，还答应妮可当天就给她回电话。

两小时后，在按了多次门铃仍无人应答的情况下，格奥尔格打开了儿子公寓的房门。这时他注意到房门并没有锁，仅仅是关上了，但除此之外他没觉得有什么不同寻常之处。他穿过窄小的走廊向起居室走去，途中往厨房里瞥了一眼，里面打扫过，什么都没有。起居室里也没什么值得注意的东西，松软的沙发靠垫干干净净的，摆放在沙发上；几本杂志整整齐齐地摞成一摞搁在茶几上。另外就是这间位于二楼的公寓，阳台门没有关，而是半敞着，不过看上去似乎一直是那样。

然而，当格奥尔格·布兰科准备踏入儿子的卧室时，他站住了，脚下就像生了根一样。在约二十平方米的卧室里，床和镶着镜子的衣柜中间有一个和真人一样大的硅胶娃娃，娃娃的脖子上拴着一根红色的遛狗绳，绳子从约两米半高的天花板上吊下来。这个硅胶娃娃做得几可乱真，看上去是个女性。娃娃的头悬在半空，膝盖挨着卧室的地板。她腿上穿着到大腿的黑色皮靴，靴子的跟高得简直古怪。娃娃略微向右侧倾斜，上半身立着，头垂在胸前，系在脖子上的遛狗绳固定在天花板的一个钩子上。这个姿势使得她的脸被一头微微烫卷的红色披肩发遮挡着，镶黑边的粉红色胸衣系得很紧，吊袜带夹着粉黑相间的长筒网袜。

格奥尔格·布兰科，这个曾好几次被自己儿子称为"无趣小市民"的人，冲着儿子在家没事儿摆弄的奇怪玩具摇了摇头。也许对现在的年轻人来说这是正常的，他想。然而，当格奥尔格·布兰科伸手去抓他以为的那个"玩具"的一头红发，想把它的脸转过来时，他的生活就再无正常可言了。头发被从"娃娃"的头上扯下来，他拿着一团假发。下面现出儿子的脸，用已无神的眼睛看着他。

四十分钟后，我踏入现场，一位年轻的警士给我开门，对我说："这真是我见过的最疯狂的自杀。"而在我之前刚刚到场的刑事侦查科高级警官只是挑了挑眉，意味深长地冲我点了点头。他干了将近三十年的警务工作，调查过各种各样的死亡案件，从他的反应中我感觉到，对于这起案件，他一秒钟都不相信死者是自杀。而当我在研究所里，通过电话得知了尸体发现现场的情况后，也做出了和他一样的判断。

我们穿戴上用以保护证据的白色工作服、塑胶套鞋和橡胶手套，走进卧室，格奥尔格·布兰科就是在那里发现了儿子的尸体。衣着古怪的死者现在平躺在床边的地板上——就在他之前吊着的地方的下方。急救医生和两名紧急救援人员剪断遛狗绳，把他放了下来，此外他们也无法再为这个年轻人做什么了——那些清楚鲜明的尸斑告诉我们，毫无疑问，他已经死了很久了。

我看了死者一眼，发现那些深紫色的尸斑位于身体的右半部分，也就是右腿的外侧、左腿的内侧，还有胸部和背部的右侧。照此看来，克雷斯蒂安·布兰科要么就是以半悬着、身体略微朝右侧倾斜的姿势死去的，要么就是有人在他死后不久，把尸体以这样的姿势吊了起来。

在正式开始检查尸体的外观之前，我环视了一圈卧室。假设死因是上吊窒息的话，那么这个年轻人临死之前的挣扎就是在衣柜的镜子前完成的了——也就是几乎在自己眼前。钉在天花板上的钩子，还挂着被急救医生剪断、剩下半截的红色遛狗绳。我注意到在这个金属钩子旁边还有两个钩子，两个都很明显地向下弯曲，这让我怀疑它们曾被用于类似的用途——可能还不止一次。

当一位现场痕迹保护部门的同事从卧室里两个容量很大、放衣服的五斗橱中发现了二十六件各不相同，干净整齐、分门别类地在柜子抽屉里收好，和死者身上所穿的衣服风格近似的衣物，以及大量配饰时，我们都大为震惊。有各种颜色的紧身胸衣，有的带花边有的不带花边；有长筒网袜和吊袜带，所有能想到的样式都有；还有与之相配的二十六双高跟鞋，也许是按颜色，和每一套衣服搭配好的。

床头柜上放着三百欧元，五十欧一张的钞票。这样的发现本身没什么不同寻常的，但在眼下这种情况下，就好比一颗炸弹。难道克雷斯蒂安·布兰科以提供性爱服务为副业，并且在自己的公寓里接待嫖客吗？

当我跪下身去查看死者时，又有一些东西引起了我的兴趣。尸体旁边的地板上放着一个东西，大部分在床底下，所以到现在为止，还没有哪位警官注意到它。我把它小心地拿了出来，放近一点查看。这是一根长约五十厘米、直径约一厘米的黑色橡皮软管，管子的一端嵌着一个窄螺丝帽，另一端连着一个同样由黑色橡胶做的鼓风器。当那位刑事侦查科高级警官把管子和鼓风器装进一个证物袋的时候，我开始做第一项检查了。我更仔细地端详了一下死者的脸，确定了他的死因：和猜测的一样，克雷斯蒂安·布兰科是吊死的。这从他面部的大量点状出血能看出来，另外，他右边嘴角有口水的痕迹，一直流到下巴上，这也能说明这一点。这两个特征都是生命的标记（即只有在活着的时候才会出现），毫无疑问地证明了人是被勒死的。也就是说，克雷斯蒂安·布兰科是在吊在天花板上的状态下死去的，不是因为诸如掩盖犯罪行为之类的动机，在死后被吊起来的。

确认了死者眼球结膜上也有出血点后，我试图打开他的嘴巴，想检查一下能否在口腔黏膜上找到同样的出血点。然而尸体太僵硬了，下颌紧紧地合着，所以我的尝试未能成功。不过死者上下颌间的两排牙齿咬合得不是非常紧密，于是我打算从缝隙中看一下他的口腔内部有没有什么不对的地方。因为如果暴力撬开他的下颌，肯定会把牙都敲断。我拿了一支手电筒，朝口腔里照去。我发现死者的嘴里有一团黑糊糊的东西，几乎塞满整个口腔，看上去很有弹性，也许是某种塑料泡沫或者软性塑料。

这个东西也许能让解决这起案件最重要的一块拼图显露出来，但我们必须等待尸僵消失。现阶段我们只能推测那东西究竟是用来干什么的，是谁把它放在了克雷斯蒂安·布兰科的嘴里，是他自己还是别的什么人？

有一点我已经强调很多次了：不能拿我们的案件与奥斯卡获奖电影、托马斯·哈里斯的惊悚片《沉默的羔羊》比。在那部影片里，朱迪·福斯特饰演的FBI探员克拉丽丝·史达琳，从连环杀人狂"野牛比尔"的一位女性受害者嘴里找到了一只鬼脸天蛾的蛹。而我们这位死者嘴巴里的黑色东西要平常得多，但也有不那么日常的意义，不过这个我后面再讲。

检查了面部之后，我转而查看死者身体的其他部分。一些重要发现都与我的设想相符：摘下了遛狗绳之后，能看到颈部正面和左右两边都有红棕色的勒痕，正如我所预料的那样。勒痕像一根挽绳般印在脖子上，有一厘米多宽。紧身胸衣下面，胸部的位置有两个肤色的海绵垫，看上去就像女性的胸部一样，显然也是用来假装成乳房的。下体体毛全刮掉了，阴茎根部套着一个所谓阴茎环，一种通过增强和延长勃起，提高性能力的机械辅助道具。这个环又与一根用于捆扎睾丸的黑色皮带相连。

接到电话之后我就预测会出现的事情，在这里确切无疑地发生了。结束了调查，并像平时一样用口述录音机做好了记录之后，我转向那位年轻的警士。他自始至终都在离我稍远的地方仔细观察我的每一步动作，但明显不敢问我问题。同样明显的是，他相当好奇。

"不是自杀，"我说，"这个人并不想结束自己的生命。"

警士高高地挑起了眉毛，惊讶地看着我。"那么是谋杀吗？"

但我得让他再度失望了。

"不，也不是谋杀。这是一起事故，准确地说，是一起'自慰性死亡'。"

"自慰性死亡"这一概念在法医学中指自慰时由于疏忽引起的死亡事故，遇难者几乎都是男性。在自慰性死亡中，最常见的死因是把自己勒住或者吊起来引发的窒息。背景知识：脑部缺氧能够唤起一些人的性兴奋。所以经常出现这样的情况，一些男性在自慰时试图通过"定量"憋气或者自缢获得额外的快感，而这很容易导致不幸的后果，因为"定量"或者"受控制的"自缢仅能在有限的范围内实现，因此始终伴有风险。一旦当事者由于缺氧失去意识，他也就失去了所有的控制力，再也没机会把自己放下来，无法避免死亡了。而且没有人能事先确切地说出多快，或者具体什么时候，会失去意识。

数百年来，不同的文明却有相同的明确报告，绞刑犯在绞架上被处刑时，有一些会在垂死的时刻有勃起的现象。对于这一现象最早的描述，大概在玛雅人高度文明的时代。在墨西哥尤卡坦半岛，一处有超过三千年历史的玛雅宫殿废墟浮雕上，刻着一个脖子上缠着绳索被吊起的男人，而他就有一根勃起的阴茎。

到目前为止，科学上仍然无法说明，为什么对于某些人——显然不是所有人——大脑缺氧会提升性兴奋程度，增加愉悦感，激发强烈的性高潮。有几位科学家持这样的观点：缺氧会导致兴奋性神经递质的直接释放（神经递质＝在神经细胞间传递信息的生化物质），从而刺激很可能对于人类性行为和性感受具有支持功能的大脑边缘系统。也有观点是，对缺氧非常敏感的大脑皮质功能紊乱是造成这种情况的原因。这个理论认为，由于供氧减少，大脑皮层失去了对主管性欲的神经中枢的抑制作用，因此，"性欲中心"在大脑中"占了上风"。但是，就像听起来的那样，这终究只是一个学术问题，它的答案对于我们法医的工作并没有什么实际用处。会出现这种现象本身是毫无争议的，过去和现在，不断有进行自慰的男性把缺氧状态下的性高潮描述为一次真正的"刺激"，让有些人越来越沉迷于此。

自慰并不总伴随着勒脖子或者自缢，少数情况下也有致死自慰性事故是由例如触电引起的。在这类情况下，当事者会通过一些专门为此目的设计的仪器，用电直接刺激他们的生殖器，或者其他可以引发性刺激的身体部位，比如肛门。

自慰性活动很少出现意外，一旦出了，最终导致死亡的情形就不罕见了，它远远超越传统意义上手淫的概念。相应地，在多数死亡现场能找到大量的装备，例如镜子、用来记录自慰活动的摄像机或照相机，部分情况下还有不同寻常的场景装饰，比如恋物癖式的陈设、墙上的色情装饰画之类。"事故遇难者"身上常有用来捆绑自己的绳索或链条，极常见于生殖器区域，有时候还会塞住嘴巴。整个过程都在私密环境中进行，远离不速之客和旁观者的视线。在我们所调查过的案例中，大多数死亡的自淫者都穿着女性的衣服，多为情趣内衣。这些装扮常常来自色情商店——从紧身内衣和胸衣，到露出生殖器的全身紧身套装，甚至皮革面具等SM场景中常见的那一套。典型的辅助道具是装在天花板上的钩子，或者更加复杂的悬挂装置，有时候还有整套的滑轮结构，甚至电动滑车组，当事人可以利用这些装置，把自己吊到钩子上。

当我们谈论自慰性死亡的时候，指的必须是可以证明死者自己完成了包括憋气、悬挂和捆绑等在内的整个自慰过程的情况——不论有没有使用性玩具等辅助手段。如果现场还有他人在场的话，就不符合自慰性死亡的定义了。不论在场者是主动参与，抑或只是旁观，都一样。早在十八世纪末，萨德侯爵就在小说《瑞斯丁娜，或喻美德的不幸》的结尾处描写了这样一个场景，女主人公看着一个叫罗兰的男人把一条绳子绕在自己的脖子上，一直勒到射精。还有，过去和现在都有，个别妓女会专门为客人提供控制绞索窒息的服务。在维多利亚时代的英国伦敦，有一家叫作"吊颈男子俱乐部"的妓院，曾经在很多年里声名远扬，远达海外。就因为在那里，嫖客可以在"受控制的条件下"被吊起来，然后妓女会用嘴或手为之提供服务。

克雷斯蒂安·布兰科的尸体发现现场在许多方面都与一起自慰性死亡相符——脖子被从天花板吊下来的遛狗绳勒着，恰好位于柜子上的镜子前，当然还包括阴茎环和睾丸上的皮带在内的穿着装扮。不过，虽然不论从刑侦学的角度，还是从法医学角度，都几乎可以认定我们在此处理的是一起自慰性死亡事件，负责此案的女检察官还是申请到法令，做一次司法尸体解剖。这样做的理由除了那扇半敞着的阳台门之外，还有床头柜上的大额现钞——钞票的来源依旧无迹可寻。

第二天早晨，死去的克雷斯蒂安·布兰科已经躺在我面前的解剖台上了。解剖现场除了女检察官之外，还有那位刑事侦查科的高级警官。

我们最关注的，就是前一日在对尸体进行外部检验时我发现的死者嘴里的东西。此时尸僵已逐渐消失，我可以用拇指和食指把它从死者嘴里抓出来了。掏出来的是一个黑色橡胶球，和高尔夫球差不多大。这个橡胶球是一种可充气的肛门假阳具，不只在同性恋圈子里会用到。这东西的其他部分——胶皮管子和鼓风器——前一天我们已经在床底下发现了，它们现在放在尸检台桌脚的证物袋里。如同所期待的那样，我们在死者嘴里含着的橡胶球上找到了与胶皮管子上的小螺丝帽吻合的部件。为了重现当时的情形，高级侦查专员把橡胶球拧回到螺丝帽里，我则把球放到死者口中。我们已经从很多起案件中充分了解到这个性玩具的使用方式了：使用鼓风器，可以把管子另一端的橡胶球充气充到像一个网球那么大。而把管子另一头的鼓风器旋转一百八十度的话，就能重置气泵，再把空气抽出去。我向橡胶球里充气，一直充到填满死者的整个口腔。然后轻轻一按，带着螺丝帽的胶皮管子从球上脱落下来，球里的空气则以非常缓慢的速度泄出。

现在我们可以轻而易举地还原，克雷斯蒂安·布兰科在进行整个自慰性活动时是怎么出问题的了：克雷斯蒂安·布兰科把那个用狗绳做的绳套系在钩子上，让它垂到房间天花板下面一点三米处，刚好在衣柜的镜子前。这名身高接近一米八的男子跪下来，把绳套套在脖子上。为了让绳套拉紧，他上半身需要斜着点，至于是向前、向后，还是向左右一侧，无所谓。也许对他来说，缺氧带来的"刺激"还不够强，又或者他的认知功能由于缺氧已经越来越模糊了。不管怎样，他在这个过程当中，把那个原本是用于扩张肛门的橡胶球放进了嘴里，向里面充气。他就这样实实在在地堵住了自己的喉咙，再也无法通过嘴或者鼻子呼吸。迅速袭来的窒息感一定让他无比恐慌，他没时间等待橡胶球里的空气通过鼓风器的阀门装置排出了,于是他去拉扯胶皮管子。然而他并没有把球从嘴里拽出来,而只是把管子带着螺丝帽一起扯了下来。几秒钟之后,大脑缺氧导致他突然失去了意识,他再也不可能进行任何自救的尝试了。甚至连垂死阶段的肌肉痉挛,克雷斯蒂安·布兰科也感受不到了。

尸检证实了死者是吊死的:肺部大量气肿,胸膜腔里两侧肺叶点状出血,还有腰椎前韧带处的出血。最后一项仅在当事人上吊时还活着的情况下才会出现。

当我把皮下脂肪组织和肌肉组织翻出来时,看到那里并没有血肿,如果有人把失去意识的人或者已经死去的人吊起来,装作是用狗绳上吊自杀的,那么就会看到这样的现象。我们也没有发现任何外伤,可以指向死者死前曾经与人发生过搏斗。稍后在实验室里进行的对口腔及肛门取样涂片的化验中,我们也没有检测到精液或是他人的DNA,因此,没有任何依据指向还有一名性伙伴在场的可能。

法医学研究显示,德国每年发生六十到八十起自慰性死亡事件。然而这只是从法医解剖统计中推导出来的数据,真实的数字可能还会高出很多,因为还有数量难以估算的未纳入统计的案例,而这又是个人们羞于谈论的话题。大多数人如果发现他们的朋友或者亲属死于自慰性事故的话,并不会像格奥尔格·布兰科一样马上报警。由于害怕被人说闲话而在尸体发现现场做出一些改动,以掩盖实际情况的现象并不罕见。有的时候不只是所有的绳索或者捆绑的工具被拿走,死者甚至还会被搬到别的位置，或者别的房间里。法医学文献里记录了许多案例，有些案例中，死者亲属都没有把死者从捆绑工具里解出来，就先脱掉了死者身上的情趣内衣。我就知道一起案例，一名自慰性死亡的男子的儿子试图让事情看上去好像是一起由性犯罪引起的命案。但是，实际实施过程往往会导致计划失败，因为法医和凶杀案件侦破组的警官们始终占据一个决定性优势：很少有普通人知道，一起真实的性犯罪引起的命案的案发现场具体应该是什么样。因此，那些因为不知情而必然会犯的错误很快就会显露出来，所以没有哪个专业人士会因这些误导而上当。

发现死者的死者亲属或者其他人将事故误认为是杀人案的情形并不罕见，这非常容易理解。一方面，对于自慰性行为的喜好几乎总是被隐藏在私密环境之中；另一方面，对于不知情者来说，自慰性死亡的场景显得非常奇怪和陌生。

近期发生的自慰性死亡案中最有名的死者，可能是美国演员大卫·卡拉丁，二〇〇九年，七十二岁的他被发现死于曼谷一家酒店的衣橱里，脖子上绕着一根绳子，还有一根（被他自己）绑在生殖器部位。荒诞的是，他同为演员的父亲约翰·卡拉丁，数十年前曾在给他的信中写道："如果你不想被发现以那种方式死去，就不要去做那样的事情。"这起事件与澳大利亚摇滚乐队INXS主唱，因毫无节制的生活而闻名的传奇歌手迈克尔·哈钦斯之死简直一模一样。一九九七年，悉尼，同样在一个酒店房间里，他被发现上吊身亡。他死亡时的具体情况和尸体发现现场的细节均无确凿说明且未告知公众，哈钦斯并非自杀，而同样是自慰性行为意外的遇难者。

有趣的是，女性自慰性死亡绝少发生。法医调查的案子中，只有五十分之一到百分之一的自慰性事件的死者为女性。为什么会这样，原因人们只能猜测。也许是因为很多女性天性上就比男性谨慎，不太可能使自己陷入危险境地。也许只是因为她们就是要比大多数男人聪明一点儿吧。

恐怖的秘密

安西娅·塔塔罗已经有好几个星期没有见过四十二岁的科琳娜·朱斯滕了。一天早上，电话响起，公寓的物业管理员告诉她，她的女邻居在大约三个月前"突然死了"。由于物管处没人认识科琳娜的亲属、伴侣或者熟人，因此，管理员在电话里恳请安西娅，这位出生于希腊的女士，帮忙清空死者的一居室。安西娅·塔塔罗和死者做了两年的邻居，虽说实际上也只有一些零散的来往，不过她还是答应了下来。

离计划将公寓交还给物业的日期还有不到两周的时候，安西娅·塔塔罗终于准备开始清扫那间斯巴达式的朴素公寓了。她首先把不多的衣服和一些家当装到六个纸箱里。她在网上查到了附近一家公司的电话和地址，可以免费清运并处理打扫公寓收拾出来的废旧物品。他们需要一个详细的列表，写明需要处理的物品。因此，安西娅·塔塔罗仔细查看了那些简朴的家具，并记录下重要的信息。在大致估算了起居室兼卧室里的一个小型衣柜、一只茶几、一张沙发床的尺寸与重量之后，她把目光转向了和沙发床配套的软凳。抬起这只凳子时，她惊讶地发现它远比预料中的要重得多。而当她把它放下时，听到了一声奇怪的咕隆声，好像是从凳子内部传来的。她还注意到，凳子附近有一股令人不快的甜丝丝的味道，她之前并没有在这间公寓中闻到这股气味。她再次抬起凳子，尽全力来来回回地摇晃着。咕隆声又响起了，凳子里面一定有什么，这激起了她的好奇心。她把凳子翻了过来，仔细看软凳底部。粗亚麻布的罩子显然不是原来就有的，因为它和沙发套的色系完全不同，而且有些地方还能看见里面原来的沙发套布料。另一件让安西娅·塔塔罗起疑心的事情是那些不规律的、歪歪斜斜的，甚至有些只有一半钉在木架子里的螺丝钉，它们看起来就像刚钉进去的。为什么会有人把这只软凳从底部剖开，又如此业余地缝合呢？同时她还很肯定，那股令人不舒服的气味就来自这只凳子。

她稍微犹豫了一下，拿来一只螺丝起子，打算把螺丝拧下来。当她拧下了相当数量的螺丝，足以把亚麻沙发罩拆下一半之后，气味变得臭不可闻，她需要极力克制，才能把手伸进空腔里去掏。一开始她掏出了一团木棉，然后继续摸索，摸到一个紧紧地封起来的塑料袋。她不敢把袋子拿出来，而是来回按了几下，然后惊恐地抽回了手。她离开了这间公寓，回到隔壁去拿外套和车钥匙，立即去了最近的警察局。

大门打开时，警察局局长沃尔夫冈·康恩贝格不是唯一一个停下手中工作的人。一天之中，警察局的大门总是开开关关的，这本身并不是让人惊讶地回头看的理由。只是这位警察局局长一抬眼，就看到一件笨重的家具被拖到了门口：这件家具是个立方体，上面有图案，长宽高肯定有六十厘米——看上去显然是与沙发配套的软凳。而那个正费力搬凳子的娇小女人四处张望着，想找人帮忙，从她的眼神里他看了出来，她来这儿显然不是为了运送办公家具。很快，她就找到了一位友善的帮手,当那位穿制服的警员把近看已经损坏的软凳拿到合适的地方去拆解的时候,警察局局长则花了一些时间,安抚这位情绪明显非常激动的女士。

康恩贝格心中暗暗觉得好笑,这种稀奇古怪的小事虽然并不是每天都能碰到,但在他三十四年的警官生涯中,有多少人、带着各种各样比这更大、更难,也更奇怪的事情来找警察呀!他觉得这会儿最好把这位女士带到他的办公室去,那边没有这么人来人往、忙忙碌碌,可以让她稍微平静一下。可是他刚跟她打了个招呼,这位女士就带着轻微的口音说:"我觉得,凳子里有骨头。"

发现骨头本身并不是什么稀罕的事情,我们法医几乎每天都会收到"发现的尸骨"和"尸体残块",它们都是由散步的市民发现,并送到警察这儿来的。这些东西有时一看就知道是牛或者鹿的骨头,非法屠宰后也没有合法清理,就被随便丢弃在绿化带里。还有动物内脏或残余的炉渣,一眼看上去也很像烧焦的骨头。

即使是在柏林这种几乎每天都会有真正的尸骨被发现的大都市里——绝大多数是在建筑工地挖土方时发现的——也只有少数才真正会成为罪案调查的开端。大多数情况都是年深日久的人类遗体,最多的就是德国或者俄国士兵——单只在第二次世界大战最后两周的柏林会战中就有十七万人阵亡。虽然我们很少听人这样说,但柏林的土地里确实到处是那个时代的骸骨与尸骨。

每年都有数以百计的尸骨被发现，装在大塑料袋里送到我们研究所来，每一份我们都要先查明是否是人类的尸骨。如果是的话，我们就试着推测其"停置时间"：它是已经在土壤里埋了几十年了，还是不久之前刚刚被人埋进去的呢？因为我们无法确定，找到的这块尸骨是否属于一桩尚未侦破的失踪案件。得到可靠的数据，确认这些骨头在地里埋了多久了，自然不总是一件容易的事。难点在于，骨头的"风化程度"在很大程度上受土壤特性的影响，首先就是埋藏这些骨头的土壤的湿度。另一方面，这些与风化相关的特性又并非恒定不变。

不过有的时候也会遇到某些特殊状况，例如不久以前，柏林米特区的街道道路施工，在六十厘米深的地下发现了一名年轻女性的完整骨骸。由于这具骨骸位于几根一九七三年才铺设的水管上方，这名女子自然不可能是一九七三年之前就被埋于此处的。现场没有发现衣物残片，对我们来说，有时它们可以提供非常重要的线索。这意味着两种可能性：或许那些衣服已经被时间吞噬，或许这名年轻女子原本就是赤身裸体被埋在那里的。

只要我们还不能排除找到的尸骨是某个当下仍然登记在案的失踪者这种情况，就得努力在法医学上尽可能进行身份鉴定。为此，我们需要根据眼前这部分骸骨，或者尸骨残片，完成一份"人类学画像"，提供给刑警，后续可以用来与失踪资料库中的档案做比对。基于高度多样化的多项不同标准，例如测量长度或特定骨骼截面的围度，又或者对于关节和骨骼突出部位，即肌肉开始生长的地方进行鉴定，我们可以锁定死者的性别、死亡时的大致年龄、身高、体格，在部分案例中甚至可以了解死者所患疾病。尤为重要的是检查牙齿并研究相应的文档资料，如果有的话。这所谓"牙齿状况"，不仅可以与失踪人员在牙医处的记录做出比对，从而缩小匹配范围。我们还常常能够根据牙齿填充物、牙冠、嵌体、搭桥的材料种类，猜测出死者的种族背景，因为在德国治疗牙齿使用的材料和方式，就与比如说东欧国家有着显著不同。

当然，我们在调查找到的骸骨时，并非只寻找可以做出身份鉴定的线索，我们还要验伤。即使发现了骨折或者尸骨上有其他损伤，也还远远不能作为犯罪发生的证据。首先要回答的问题是，这些损伤是出现于当事人还活着的时候，还是在发现或者掩埋过程中产生的。我们把后者这种创伤称为"掩埋型人为伤害"，其典型表现有例如尖头十字镐在颅骨顶部留下的圆形击打痕迹——不能把这种伤痕与看上去颇为相似的枪伤混为一谈，还有手臂和腿骨上的缺口和凹痕，这类伤常常是在挖土时被铲出来的。而一旦确认尸骨上的伤痕是在死者生前产生的，我们就要去查明该暴力伤害的种类。因为如果这个伤害被证实为死亡原因——或者至少是可能的死亡原因——的话，那么所找到的尸骨就真的成为一起谋杀案件了。在所有发现骸骨的情况中，这样的情形属于绝对的少数情况。

而通常，我们甚至不需要做上面所描述的那些工作——因为那些作为"找到的尸骨"被拿到我们这里的东西，一眼就能看出来是一些完全不相干的东西。例如某次在柏林米特区，一位过路的女士在一栋房子的大门口发现了据她猜测是个胎儿的东西。而我们在研究所里搞明白，那是一个橡胶做的几厘米长的"外星人"，就是全世界那些搞笑的人在万圣节用来做装饰时用的那种。况且也不是每一具真实的童尸出现，都必然表明有犯罪事件发生。有个例子是，二〇〇九年三月，柏林里希特菲尔德，几名少年在垃圾桶里发现了一个装有福尔马林的玻璃瓶，里面有一个身长不到四十厘米的胎儿。经查证，它属于附近一家妇产科诊所的收藏。这个胎儿已经被收藏了将近一百年了，是这位医生在很多很多年前连同诊所一起从前任手中接手的，但在诊所解散时，它没有以合适的方式被处理。

在这样的背景下，警察局局长康恩贝格面对"据称"找到的尸骨——为了这些骨头，这位年轻女士费力拖来了一件沉重的家具——仍然镇定自若，也就不足为奇了。当然他也答应会去亲自看一下，还请两位穿制服的警员把软凳搬到他的办公室去。他坚信很快就能消除这位女士的担忧，也不用走什么警务流程，写所有那些"麻烦的文件"。他们一起来到了他的办公室，他请她坐了下来，然后去查看那个软凳——现在它倒放在地毯上，用来坐的那一面朝下。塑料袋裹着用黑色胶带捆紧的四个小包，警察局局长康恩贝格用一把剪刀打开了其中一个，瞬间就被恶臭吓得一缩。当他调整好心态，克服了厌恶之后，冒险看了一眼，先是看到了一团很难说是什么的棕绿色东西。随后，他在旁边发现了一颗小小的头，还有脖子、胸部和一条胳膊，他脸上的血色一下子都消失了。他迅速地合上袋子，敞开窗户，走到电话旁边，报告给凶杀案件侦破组。

在法医研究所里，我们马上就要下班了，这时接到凶杀案件侦破组负责警官的通知，有几个包着童尸碎块，一部分只剩骨头的包裹正送过来。由于我和这位命案调查员很熟悉，因而预感到这件事挺严重的。不到半小时后，那些发现物放在四个钢盘里摆到我们面前的时候，这一怀疑得到了证实。

放在我们面前的，是几个年龄非常小的孩子的尸体残余部分，尸体的腐烂程度与骨肉剥离程度各不相同。

其中两个孩子光剩下骨头了，一个孩子的骨头上还零星挂着一些已经软化的组织，还有一个包裹里是个婴儿的尸体——也就是警察局局长康恩贝格检查的那个包裹。虽然这具尸体已经腐烂，却是唯一能明显辨认出人形的。除了连着头颈和右臂的躯干之外，我们还找到了骨盆和右腿的大部分。

我们全都没能掩饰住惊恐，在尸检台旁沉默地呆看了一会儿之后，开始着手做事。首先，我们把前两个包裹里光秃秃的骨头按照身体部位在那些不锈钢盘子里排列好——这盘子就是拿来做这个用的——以确认是否有骨头缺失，或者有没有骨头多出来，也就是说，不属于这两个孩子。我们一边拼着，一边系统地寻找着伤害的痕迹，这也许能给我们带来关于死因的线索。结果是：两包骨头都只包含死亡儿童的尸骸，且没有发现伤痕。

接下来，我们花了些时间去查看那个还保有其形态的婴儿的尸体，希望能获得一些线索，比如意想之外的器官缺失或者疾病。然而包括大脑在内的内脏器官都过分软化，无法做进一步的检验了。确认了尚且完好的部分皮肤未显示出任何损伤之后——比如刺伤的痕迹——我们把第三个和第四个孩子的尸骨清理准备了一下：意思是我们把骨头上的软组织剥除干净，然后彻底而小心地清洁了它们。和前两个完全化为尸骨的孩子一样，在他们身上我们也没发现任何伤害的痕迹。

最后，通过测量大腿骨的长度，我们计算了每个孩子死亡时的身高。最小的一个孩子有四十八厘米多一点儿，最大的则有五十四厘米高。这意味着这些孩子在死亡时都已经出生了，或者至少已接近分娩，快要到这个世界上来了。性别是男是女我们无法确定，但稍后可以通过DNA检验来回答这个问题。

从几具尸体死后变化的不同阶段——尸体腐烂、分解、部分尸骨化、完全化为白骨——我们可以确定，这些孩子是在不同的时间死亡的。他们是怎么死的，是在怎样的情形下死的，已经无法确认。我们甚至无法确定他们曾活着来到这个世界上，还是在出生前就死去了，以及他们各自的死亡时间是在多久以前。唯一可以确定的是，这四个孩子都已经发育成熟，可以被分娩了。

在尸检室里已经没什么能做的了，现在，遗传学部门的法医要借助DNA分析来确定，死去的科琳娜·朱斯滕是否是女邻居在她公寓里发现的这些死婴遗骸的母亲。尽管这似乎是显而易见的，但我们仍然要排除所有可以想见的可能性——比方说这些婴儿是从医院的新生儿室绑架出来的呀，或者与非法收养中介有关，等等。过了一会儿，实验室送来了我们想要的资料。那边的同事通过比对从科琳娜·朱斯滕的浴室里采集到的DNA样本——牙刷上的和掉落的头发，完成了一份DNA画像。结论是：科琳娜·朱斯滕是这四个孩子——一个男孩和三个女孩——的母亲。在对留有组织残余的那两具尸体进行化学毒理学检验时，检出了一种属于处方药物的止痛药，还有一种强效安眠药的服用痕迹。这些物质无疑是通过母体的血液循环进入未出生的婴儿体内的，这意味着，科琳娜·朱斯滕在这两次怀孕期间服用了这些药物。

就在我们结束了本案法医学方面的工作后不久，警察那边也完成了剩下的调查。不过他们只能告知这可怕的发现背后的一些故事片段：在安西娅·塔塔罗把那个软凳送到警察局的不到三个月之前，她的女邻居从柏林市中心一幢十二层的办公大楼上跳楼身亡。死时科琳娜·朱斯滕四十二岁。她在下坠过程中手里还抓着一个提包，里面除了她的身份证明之外，还塞着一封遗书。遗书中没有太多细节，不过结尾处写道："我有个重担要背负。"她死后不久，一位邻居在警察问询时做证说，他在案发前几天注意到，这位一向苗条的女性腹部凸起，像是怀了孕，便与她攀谈。对此她告诉他，自己"肚子里长了肿瘤"。科琳娜·朱斯滕死亡之后，负责该案件的调查员推测这可能是她的自杀动机。然而，由于没有证据表明可能存在外部因素导致她自杀，调查员也就没有安排做尸体解剖，如果做了的话，就能发现她是否真的长了肿瘤——或者是第五次怀孕了。

搜索她的公寓时，除其他方式之外，警方还用上了一条尸体搜索犬，不过并没有找到更多的尸块，不论是在成套的沙发床里，还是在家中的柜子里。只是搜索犬朝着厨房里的冰柜撞去。现场的警官打开了冰柜，发现里面不仅空空如也，而且干净得不同寻常。按照安西娅·塔塔罗的供述，在她为了清扫交房而进入这位女邻居的公寓之前，冰柜就已经断电解冻、清理干净了。而这只训练有素的尸体搜索犬的动作——它在冰柜上挠了起来——则确切无疑地表明，要么曾经有一具或多具死尸冻在这个冰柜里，要么至少也有某些与易腐烂的人体组织有关的东西曾经放在这里。

安西娅·塔塔罗关于她是如何，以及在哪儿发现这四具婴孩死尸的供述是绝对可信的，而且她与科琳娜·朱斯滕仅仅是邻居关系，这一点也由她的同居男友证实了。所以，警方任何时候都对她没有过哪怕一点怀疑。

虽然没有任何证据，但是调查员还是得出结论，科琳娜·朱斯滕曾把婴儿的尸体存放在冰柜里。

我确信，这位母亲直到自杀之前，才把所有死去的孩子的尸体从冰柜里拿出来，藏到了沙发软凳里。她一定是想着，她死后，所有的家具都会被处理掉，但不会有人近距离仔细去看。可是，她反正都已经决定要跳楼自杀了，为什么还不愿意尸体被发现呢？显然原因应该不在这些尸体上。那么会不会是不想让这些孩子的父亲知道呢？

警方找到了科琳娜·朱斯滕在过去八年中交往过的三个男友，按照他们的说法，科琳娜·朱斯滕是一个安静的女人，平时深居简出，容易抑郁消沉，却从来不说消沉的原因。三个男人中没人知道在他们交往期间科琳娜怀过孕，也不知道她之前曾经怀过孕。三人都自愿给出了一份唾液样本，以检测他们是否是孩子的父亲。DNA检验结果表明，他们中有两人确实各是一名死去孩子的父亲。

一个问题不可避免地闯入我的脑海，这几个男人会有什么感觉？当他们从警方那里得知发现了孩子的尸体，并且他们是孩子的父亲。这些人此后还会再次被询问，关于为什么科琳娜·朱斯滕要向他们隐瞒怀孕的事情，为什么他们完全没有察觉，以及事情是怎么走到如今这步田地的。

看向四个装着死去新生儿尸骸的不锈钢盘子的瞬间，是我法医职业生涯中最为伤心难过的时刻。我想起年轻时遇到的一起案件，当年我要轻松得多，因为那起案件我并没有参与其中：

二〇〇五年八月，勃兰登堡州布雷斯科-芬肯赫德一座独栋住宅的地块上，在花桶、水桶及其他容器中发现了一共九具新生儿的死尸。孩子的母亲在一九八八年到一九九九年间生下了他们，她在婴儿出生后完全没有照管，任其死去，然后草草掩埋。周围没有任何人，甚至她的丈夫，也就是孩子们的父亲，都没注意到她曾怀孕。

虽说这起案件在德国犯罪史上称得上独一无二，但在同时发现多个死去的孩子这一点上，此案绝非仅有。例如，二〇〇七年一月，有人在埃尔福特附近的一个小地方进行拆除工作时，在车库的天花板夹层里发现了三具新生儿的死尸。二〇〇七年四月，一名十五岁的少年去拜访住在埃尔福特的母亲，他打开冰柜，在里面发现了两具婴儿的尸体。二〇〇七年十二月，在萨克森州普劳恩市发现了三个死婴——一个在那位母亲某亲戚家地下室的一个皮箱里，另外两个在一个冰柜里。还有二〇〇八年五月，一个十八岁的年轻人，在北威州文登市父母的房子里发现了三具婴儿的尸体，还是在冷冻柜里。在这起案子中，丈夫对自己妻子这三次怀孕也都一无所知，什么都没有察觉。

可能是由于这几起案件发生在勃兰登堡、图林根和萨克森，萨克森-安哈尔特州州长沃尔夫冈·伯默尔曾对媒体暗示，母亲杀死自己生下的婴儿，或者任由他们死去，这类事件主要发生在东德。他是这样说的："在原东德各联邦州里，对于即将到来的生命有种特别轻率的态度。"然而这样不经大脑的民粹主义发言是没有任何统计学基础的。单单声称在原东德各州发现的婴儿尸体明显更多，就已经像是仅仅因为某人曾去过一次犯罪现场，因而无法排除犯罪嫌疑，就宣布他是凶手一样严重了。事实是：没有任何统计数据指出，东德母亲杀婴的比例要高于西德。这里有几个原因，亲生母亲杀婴案在警方的犯罪统计中并不会特别标识出来。这些案件会根据法律上的鉴定，归入相应的类别，如谋杀或者伤害致死，在这些类别下并不会再有特殊案例标识。对此，在联邦统计局的死亡原因统计中，有关新生儿死因的统计也无法提供帮助。统计虽然计入了所有一周岁以下儿童死亡案例，但只是非常笼统地归因，比如"出生时窒息"，或是"其他不详原因或死因未详细注明"。其中可能也有自然死亡的案例混入。还有一个问题：关于杀婴①——这是称呼杀害新生儿的专有名词——官方统计之外的数字非常之高，这使得不断有犯罪发生数年或数十年之后才为人所知的案件出现在我们的视野之中。就这一点而言，官方统计数字即使存在，也是碎片化的，因而对于此种罪行的发生频率，只能给出一个扭曲的图像。

如果是依据准确的研究分析给出谨慎的结论，有一件事可以说是确凿无疑的：如今母亲杀死新生儿的案件已经比过去少了很多很多。在过去的几百年里，法医们几乎每天都需要处理新发现的婴儿尸体，需要不断地去弄清这究竟是一起杀害婴儿的案件，还是一次非法流产的产物。这样的课题现在在我们的法医学实践中已经属于特殊情况了，这一点从法医学教科书里也能看出来，几十年前的教科书里，关于新生儿尸体解剖与检验的章节长达数十页，现在则只有寥寥几页。杀婴案件数量减少的原因在于，在今天，由于有了性启蒙教育和相对安全的避孕措施，以及合法终止妊娠的措施，违背女性意愿的怀孕和生产已大为减少。另外还有所谓"弃婴保护舱"，虽然存在争议，但正与广泛的社会援助网络一道，为现在德国的年轻单身母亲提供帮助，这些同样有助于减少杀

---

①原文为 Neonatizide，意为在婴儿出生二十四小时之内将其杀害的行为。

婴案件的发生。最重要的是，如今在我们的社会里，一位单身女子怀孕已经不是什么大不了的事了，更遑论成为什么绊脚石。在一个未婚伴侣和单身母亲、单身父亲都被认为是正常现象的时代，已经没什么理由去隐藏或者掩饰一个婚姻之外所生的孩子了。以前的情形则完全不同，这一点也是歌德的《浮士德》的主题之一。奥托·海因里希·冯·格明根-霍恩伯格在他一七七九年的戏剧《德国父亲》中引用的一段话也表达了这一点，令人印象深刻："如果卡尔抛弃我，那将会非常可怕，那样的话，我将亲手杀死这个从他那里得到的孩子，这是来自母亲的善举，让我来公开执行这场死刑吧！一个孤儿，一个被侮辱的女孩子，在这个世界上又能做些什么呢？"

那么，在当今这个时代，是什么驱使这些母亲任由自己的孩子死去，甚至杀死他们，就只能去猜测了。尽管情况发生了变化，但是在今天，最普遍的原因仍然是违背意愿的怀孕。不带偏见地说，即使是今天，也还是有可能发生这种不可思议的事情的。

同时，有一点可以注意到，大多数案例中，母亲明显不愿意与被杀死的孩子分离。不然如何解释婴儿的尸体几乎都在离她们很近的地方，在同一栋房子内被发现呢？通常是在冰箱里，一个能够延缓尸体腐烂和分解的地方。如果这些女凶手把她们杀死的孩子埋到树林里，或者趁天黑扔到垃圾场里处理掉，她们就不用为担心事情败露而提心吊胆了。

在我们所猜测的这种母亲与死去婴儿的情感关联之中，有某种令人安慰的东西——虽然微乎其微。但前面提到的那些案例的一个共同点则让人觉得可怕：那些罪行多数是在尸体被发现的数年之前犯下的。过去的这些母亲不仅向周围的人，包括准父亲在内隐瞒了怀孕的事情，而且看起来，不让任何人发现被她们藏在家里的尸体也并不困难。还是说，这些女人对于她们周围的人来说是如此无关紧要，所以根本没必要费心去玩藏藏躲躲的游戏？

即便被杀死的婴儿很快就被发现，也不能表明周围的人就更加细心体贴。关于这点，有一起案件让我印象深刻：

雅妮娜·莱斯特纳的母亲在刚满二十一岁的女儿的房间里发现了一个旅行袋，她觉得奇怪，因为她女儿既没有任何旅行计划，也不是刚刚结束度假回家。于是她弯下腰查看，拉开袋子的拉链，随后发现了一具婴儿的尸体。

在之后进行的尸检中，根据尸斑和直肠温度，我确定这个孩子被发现的时候应该刚刚死去几个小时。由于孩子及早被发现——与几年后，在科琳娜·朱斯滕的沙发软凳里发现了四具尸体的情况完全不同——使得我们能够得知这起案子背后的整个故事，包括所有令人悲伤的细节。

这个死去的小女孩的身体被一层由已经变干的血和胚胎黏液形成的薄膜包裹着，肚脐上还连着长长的一截脐带——这两样都是明确的证据，证明这是一个新生儿。

在像这样的案件中，死后还不是很久，尸体还没有开始腐烂与变化，尸检就可以明确无疑地说明这个新生儿是否"在出生后或出生时是存活的，以及是否已发育成熟，至少能在母体之外存活下去"——如同《刑事诉讼法》中所写的那样。对于进一步的死亡调查程序来说，弄清一个孩子是健康地来到了世界上，或者至少本来能够活下去，却被杀死了，还是在母亲体内或出生时就已经死去，这一点至关重要。

如同我们在本章里已多次看到的那样，一个准妈妈向亲戚、朋友，甚至（或者说特别是）孩子的父亲隐瞒了怀孕的事实，而由于这个隐瞒的行为，她也就得不到任何医疗方面的帮助，无论是怀孕期间的产检还是在分娩的时候。于是，婴儿无法活着来到世界上的风险也就相应提高了，原因可能是在母亲体内出现的并发症，也可能是分娩时缺少专业帮助。如果发生了这样的情况，那么这位母亲就面临选择，是把她的秘密——带着痛苦——公之于众，还是让尸体销声匿迹。在这种情况下，立法者自然会定下与杀人案件不同的量刑尺度。

为了弄明白这个孩子在出生之后是否还活着，我们首先进行了"肺叶游泳检测"。为此，我们要用一种特别的技术将两片肺叶从胸腔里取出，在取出的过程中不能有空气进入气管和支气管，那将使测试结果产生误差。接着我们把肺叶放入一个装了水的盘子里，如果这个孩子曾经在母体以外的地方呼吸过，肺泡里就会灌入空气，因而能舒展开——肺部就会浮于水面。如果肺部沉在水底，那么就证明不曾有空气进入肺里，这无疑表明这个孩子从来没有呼吸过，也就是在出生后不可能存活过。在雅妮娜·莱斯特纳的婴儿被害案里，肺叶游泳检测的结果为阳性,也就是说婴儿出生时还活着。不过我们还可以在"胃肠游泳检测"的帮助下做进一步的确认。胃里和整个小肠里的大量气泡证明,这个孩子在出生之后肯定还活了至少六个小时,因为一个新生儿出生之后所吞咽下的空气,需要这么长的时间才能布满整个小肠。这个女婴身长五十二厘米,重三千三百六十克,头围三十五厘米。此外,女婴的指甲已经长过了指尖,身上那些直到妊娠期快结束时还覆盖着整个身体的细细的胎毛,只在双肩部位留有一点点。所有这些都是"发育成熟的迹象"。另外,考虑到不论是我们在尸检时,还是之后在显微镜下和实验室中做的检查,都没有发现新生儿有任何严重或致命的畸形或疾病,几乎可以确定无疑地认定,雅妮娜·莱斯特纳的孩子在出生时完全是可以存活下去的。"宫内死胎"的情况,即孩子在母亲体内死去,随后流产,可以被排除了。

在随后的法院庭审中,我以鉴定员的身份出庭。在庭审过程中,雅妮娜·莱斯特纳坦承了她的罪行:她从始至终,一直向父母还有当时的男友,也就是孩子的父亲,隐瞒了怀孕一事。最后,在没有外界帮助的情况下,她独自在自己的房间里——属于她父母的三居室住宅中的一间——生下了孩子,而她父母当时就在其他房间。在用指甲剪剪断了脐带之后,她把哭叫着的孩子裹进一条毛巾里,然后放进了旅行袋。之后,雅妮娜的母亲在袋子里震惊地发现了死婴。

有清晰明确的尸检结果和被告详尽的供词,后续审判主要围绕着量刑尺度展开。在这样的案件中,几乎总是会进行对被告个人早期经历的讨论。虽然当时我已经参与调查了多起杀婴案，还是永远不能忘记在那次庭审过程中听到的令人难以置信的故事。

雅妮娜·莱斯特纳是家中三个女儿中的老大，从很早的时候开始，她就因感受不到父母哪怕一点点的关注和温情而痛苦——这与她的两个妹妹完全不同。由于受到冷落而产生的觉得自己毫无价值的感觉，在青春期里变得越来越强烈，因为不论母亲还是父亲，都会当着她的面对别人说她"不是好人""没用"。在处理这些问题的过程中她很快就习惯了回避，置之不理。她小的时候没有交到什么真正的同性或异性朋友，和同学们的来往也只限于必不可少的交际。十五岁那年，雅妮娜第一次怀孕，而她直到怀孕五个月时才察觉到。精神病学专家在法庭上解释了她的这种反应：由于她为自己找到了策略，即对这种问题视而不见，她便把怀孕这件事彻底"挤到"一旁，弃之不理。而这样一来，也就不会有比如"说漏嘴"的危险了，这让保守秘密——而她几乎没怎么增加腰围——变得更加容易。怀孕期间她与未出世的孩子的父亲已经不再联系了，一直到孩子出生的那天，阵痛开始的时候，她才再也无法隐藏。父母把她送入医院，在那里她生下了一个健康的男婴。孩子出生以后她只看到了他一次，照看婴儿的护士问她要不要给孩子包襁褓或者喂奶，她拒绝了。孩子被送到别的家庭里照顾，随后被领养了。十七岁那年，雅妮娜开始去职业培训班学习，但没过多久她就退学了，对于这件事，她的父母在随后的两年时间里完全不知情。十八岁那年她再次怀孕，这次怀孕同样无人察觉，不论是一直与她同住的父母，还是她当时的男友，都什么也不知道。和三年之后我做尸检的第三个孩子一样，她在没有外界帮助的情况下，独自在父母的住宅中属于自己的房间里生下了这第二个孩子。孩子出生以后，她拿一个枕头按在了哭叫的女婴脸上，直到她"没声音了"。然后她用一个塑料袋包裹住婴儿，放在同一个旅行袋里——日后她母亲在这个旅行袋里发现了第三个婴儿。她把旅行袋放到了衣柜里，不过这个孩子也被她的母亲发现了。当时的法医检验结果和法庭庭审证据显示，那名新生儿是在塑料袋里窒息而死的。那一次，雅妮娜·莱斯特纳没有承担杀人行为的法律后果，因为精神病学专家证明她不具备刑事责任能力。按照这位专家的说法，这桩罪行应该完全归因于她那冷漠无情的家庭环境，她本人不应该为自己的行为负责。这个说法说服了法官。

二十岁那年她第三次怀孕，按照那位精神病学专家的说法，她又一次成功地把怀孕的事情"挤走"了。她再次做到了不让父母和（新）男友知道自己的状态，据说没有人产生过怀疑。

坐在法庭审判庭里听着这个故事的时候，我必须尽全力控制自己，不要不停地摇头。这与被告的个人供述和她讲述时彻底无所谓、不带一丝感情的态度完全无关，而是因为我们在审判庭里所听到的这个故事，这个父母对子女漠不关心到令人难以置信的故事。关爱子女的父母肯定不可能没注意到女儿怀孕，更不会让这样的事情在五年内发生三次！

这一次，那位精神病学专家还是给出了被告在犯罪时不具备完全刑事责任能力的结论。辩护律师提醒法官，被告雅妮娜·莱斯特纳在拘留审讯结束被释放后，等待庭审开始期间自愿做了绝育手术。考虑到以上两点，法官从轻判处雅妮娜·莱斯特纳，因伤害致死罪判有期徒刑两年，缓期执行。判决书是这样写的："根据《刑法》第二百一十三条的量刑范围，法庭考虑到由于社会环境的影响，被告对于怀孕和分娩无法抱有愉悦的期待，并因此做出了以下错误行为……法庭认定被告有如下积极表现：在犯罪后显示出已认识到错误，且通过接受绝育手术杜绝了将来再度发生类似事件的可能……"

判决书的内容令我无语。在我看来，用"错误行为"这个概念来描述杀死两个健康的、刚出生的婴儿，简直委婉客气得太过头了。另外，我不能也不愿想象，在成长过程中遇到这种对于亲生孩子彻头彻尾只有嫌弃的父母。因此，我始终感到非常庆幸，作为法医，我的任务只是针对解读某种犯罪行为，去搜集自然科学领域支持或者反对的证据，而不必去做司法审判。

与雅妮娜·莱斯特纳的案件不同，在科琳娜·朱斯滕的案子里，没有人知道案件背后更多的故事了。许多事情将永远是谜团，这个案子留给我们的问题远比那些解答了的多。

是什么原因让她向当时的伴侣隐瞒了怀孕的事实？她是在何时、何地、何种环境之下把孩子生下来的？当她从高处纵身一跃时，是否已再次怀孕？

这个科琳娜·朱斯滕没办法好好生活，甘愿离它而去的世界，也同样没有给她的孩子生存的位置。她是独自一人，在完全不为周遭人所知的情况下把孩子带到这个世界上的吗？她的孩子们是否曾经存活？如果是的话，她是蓄意杀死他们，还是将他们弃于公寓的某处不顾，直到他们死去？

而那时，科琳娜·朱斯滕又作何感想呢？

作为法医工作了很多年之后，有些事我仍然无法理解。不仅是这些杀害新生儿的案件，还有其他那些虐待儿童长达数年之久的案子，或者说所有我所调查过的关于家庭暴力受害者的案件，我一直想问：诸如此类的秘密，为什么能在很长时间内任其发展，家庭中、朋友间或是邻里之间，都没有任何人能得知其中一二呢？

沉重的运尸　——

如果您居住在柏林，或者曾经到访过这里，看到过一辆引擎盖和尾部标有"法医"字样的运输车，您可能会猜想这里面运送着什么样的东西。不过您可以缓口气：车里很可能是空的。

我们在柏林有三辆这样的封闭式尸体运输车，第四辆还在定制中。那辆不会像现在这几辆一样是绿色的，而是会像新款警车一样，涂成蓝色和银灰色。每辆运输车都配有四部可移动担架。这种设计不仅可以同时运送一起罪案中的多名受害者，还可以开到不同的案发现场去收运死者，在柏林这样的大城市里，这一点非常有利。由于运输路途较短，车内无须冷却设备，不过车顶上还是装有换气系统。

在德国首都，我们的专业勤务员平均每年要运送两千五百具尸体。司机每班要出车三到十次。从事这项工作并不需要受过专门培训，但这并不是说谁都适合干这个工作。要想申请这个职位，必须拥有三级驾驶执照，还要"底子干净"，也就是说得持有无犯罪记录的情况证明书。此外，除了要有在尸体发现现场根据情况随机应变的能力之外，也对身体健康状况有要求，因为并不是所有发现尸体的地方都有电梯。

有的时候，即使是受过最好的训练的司机也会有他们的极限。

在莱昂纳多·迪卡普里奥作为泰坦尼克号上的杰克沉入大海的四年之前，约翰尼·德普变身加勒比海盗杰克·斯帕罗船长的十年之前，一九九三年，他们俩在影片《不一样的天空》中饰演两兄弟：父亲自杀去世后，吉尔伯特（德普饰）照顾着家中最小的弟弟，患有智障的阿尼（迪卡普里奥饰）。不过我要说的不是他们兄弟俩，而是他们的母亲，邦尼·格雷普，自从她的丈夫去世之后，她就再也没有出过家门。她甚至很少从沙发上站起来，因为体重超过二百五十公斤，她也不能做家务。在阿尼十八岁生日那天晚上，为了庆祝这一天，她决定躺回到楼上自己的床上。她花了很大的力气才爬上楼，而在经历了这样的痛苦辛劳之后，她没能活下来。

吉尔伯特没有打电话叫医生来开具死亡证明——如果有医生前来的话，他很可能会在死因那一栏填上"心脏衰竭"或者"肺栓塞"——而是担忧起如何运输他那极度超重的母亲的遗体；可能需要用一台起重机把死者从二楼吊下来，而这将引来邻居们的围观。吉尔伯特不想让母亲沦为笑柄，所以他做了一个不同寻常的决定：他和兄弟姐妹们一起搬出了家里的东西，然后把整幢楼烧为平地。

这是一个非常极端的手段，在现实生活中，当然几乎不会有人采用这样的方式，至少不会用这样的方式处理一位关系亲密的家庭成员的自然死亡。而在杀人案中，凶手确实会通过纵火，掩盖杀人行径。

不过，吉尔伯特·格雷普为了处理母亲的尸体所做的事情是完全合理的，以下两个例子就说明了这一点。

现年三十一岁的托斯滕·凯泽被母亲发现死在了柏林他独居的单间公寓里。平时，他的母亲会定期来照顾他，特别是为他准备食物。与邦尼·格雷普差不多，由于极度超重，托斯滕已经有好几年没有离开过自己的住处了，绝大多数时间里，他都躺在床上看电视。死亡时，托斯滕·凯泽体重二百九十公斤。他母亲打电话叫来的医生现场察看了尸体之后，空出了死亡证明（与所谓"尸单"是同义词）上"死因"那一格，并在死亡类型那里选了"不明"。这表示，医生在查看尸体的过程中无法得出客观的检验结果，且没有足够多的关于死者既往病史的信息，可以推断出这个人到底是因为什么死的。死亡可能是由于自然原因引起的，也可能是下毒，还可能是一起线索很少的暴力致死案件。在死亡类型归为"不明"的情况下，按照《殡葬法》的要求，医生需中止验尸，不得继续改动尸体及尸体发现现场的状况，并通知警方。

而由于警方也没能通过现场调查得出托斯滕可能的死亡原因，便决定把尸体运往法医研究所，进行解剖检验。我的同事很快就找到了实际死亡原因——一块没有嚼碎的肉块。这块煎肉饼比一个瑞典肉丸，就是我们在宜家吃到的那种有名的肉丸子稍大一点，它把死者的喉咙口卡得结结实实，气管和食管口都被彻底堵死了。用专业术语来说，这叫"丸状物梗死"（Bolutod，希腊语里，Bolos是团子、丸子、球的意思），俗话也称为"小香肠噎死"，在我们的首都柏林，还有个特别的说法叫"柏林肉饼噎死"。

与人们的普遍认知不同，在这种情况下，死亡并非由窒息导致的，而是由于喉头黏膜正下方的神经丛突然间受到刺激所引发的心脏骤停。这是颈神经受刺激而引起的反射性心脏骤停。大多数丸状物梗死状况出现在吃东西匆匆忙忙、狼吞虎咽的时候，经常发生在喝得酩酊大醉的人身上。绝大多数时候，这个所谓"丸子"是一块体积过大、嚼得不够碎的肉，由于其大小特殊，一旦卡在喉咙口的话，会刚好既无法吞下去，也不能咳出来。因此，我们强烈建议，要好好听家长们的教导，"细嚼慢咽""嘴里塞满东西的时候不要说话"，并且在长大成人之后也不要忘记。这不仅仅是出于举止得体和餐桌礼仪的考虑，也是为了自己的人身安全考虑。

对于法医来说，尸检本身没有任何特别的挑战，但我们的运输勤务人员运送死者尸体时可是截然不同。为此，我们事先曾要求消防队提供"行政协助"，因为运回像这样的死者的尸体，显然不是一件轻松的事情。而即使柏林市消防局出动了一整支消防队和我们的工作人员一道，也难以搬运死者。消防队员们卸下了卧室的门框，再用一把大锤敲宽了门洞，然后把尸体放在一张消防队的打捞网里，六个人合力才把他拖进了走廊。

可是接着又产生了新的问题：整幢住宅楼的大门门洞不能用同样野蛮的方式拓宽，因为以房屋的力学结构，这样的做法会让整层楼和它上面的一层坍塌。于是消防队又请求了增援，这次是一架起重机。最后，同样重要的一点是，为了把这位沉重的死者用起重机从卧室宽敞的开窗运出，还要封锁这栋住宅前面的道路几个小时之久——这也是吉尔伯特·格雷普想要为他的家庭避免的一幕。而窗洞同样也是在被大锤拓宽了之后，才将将能容许尸体通过。

在另一起案例中，负责运输的殡葬人员则以为他们不用花费很大的体力，就能完成一具重达二百三十五公斤的尸体那"沉重的搬运"。这名去世时五十八岁的男子不属于应该由法医处理的案例，因为查验尸体的医生证明他是自然死亡——死于心肌梗死。死者躺在他的单间公寓仅有四平米大的浴室里，夹在马桶和盥洗台之间。即使把马桶和盥洗台都拆卸下来之后，受委托前来的殡葬公司工作人员也无法将该男子从狭小的浴室中运出，这是因为该男子的尸体已出现严重尸僵，使其定型为一个蜷曲的姿态，不能通过浴室门运出来。于是，现场的殡葬人员想到了一个主意，他们联系了法医，并且向当值的那位女医生请求支援，想让法医在那间浴室里用专业的方式肢解尸体，以方便运输！

当然，由于以下几个原因，这一要求完全是疯狂的。首先，把一个人在死后肢解成适合运输的尸块，这违背了道德伦理。其次，关于这一点，各州和联邦政府皆制定了不同的法律，禁止这样的事情发生，并设定了相应的惩罚。例如，柏林的《殡葬法》中就写道："处理尸体的人员必须对死去的人保有应有的尊重。"这样的规定不止柏林一地才有。

另外，立法者在此处有意明确使用了"人"这个字，也是特地表现对于死者应有的敬意。

此外，在德国《刑法》第一百六十八条中，对于亵渎尸体有以下判罚：

"如果有人未经有资质的保管者授权，将死去之人的尸体、胎儿、尸体的一部分，或死去之人的骨灰取走，或对其实施侮辱性行为，将被处以最高三年的有期徒刑或罚款。"

据此，哪怕仅仅是尝试这样做，也是违法的，并会受到相应的惩罚。

那位在法医所值班的女医生当然不会为那些殡葬人员提供帮助。至于他们是怎么想方设法运尸体的，我就不得而知了。就像我刚刚讲过的：那不是一起属于法医的案子。

除了这两个案例以外，我和我的同事们还能举出很多其他类似的逸事，来说明死者的肥胖程度是如何导致运输他们尸体的难度显著提升的。遗憾的是，这些故事彻头彻尾地说明了一个不健康的发展趋势：近年来，就在尸检台改得越来越窄的同时（为了减少尸检室的面积，并以此来尽可能地保持较低的维护费用），超重和肥胖——或者更讲究一点，可以说"肥胖症"（Adipositas，来自拉丁文 adeps，意为脂肪）——在德国人口中的比例在过去几十年里大幅提高了。在这期间，这一问题产生的影响也已进入我们的尸检室，因为越来越多的肥胖症患者已经到达了自然死亡的年龄，因此我们频频遭遇到这方面的困难。从前，这只是极罕见的情况：我们如何给一位重达三百公斤的死者做尸体解剖呢？尸检的时候，我们是不是得站在一个踏板上，就为了能完全打开胸腔或腹腔，并摘取器官？我们的尸检台到底能不能承受得住死者那沉重的身体？我们是不是还要冒着可能会发生因为解剖台被压塌而导致解剖员或者尸检助理受伤这种极其罕见的工作事故的危险工作？

根据世界卫生组织的资料，肥胖症是全球范围内增长得最快的主要健康问题。德国营养学会二〇〇八年的年度健康报告看上去触目惊心。德国女性中有超过一半的人超重，而在男性中这个比例竟然接近百分之七十。男性不仅在每一个年龄段中都比女性的超重人数更多，而且从三十五岁开始，体重正常的男性在人群中就已经属于少数，对于女性来说分界值则为五十五岁。

除了主观上生活质量的丧失之外，超重也会导致患各种疾病的风险大幅增加，比如高血压、冠心病（由动脉硬化引起的心脏冠状动脉狭窄）、糖尿病等。统计显示，肥胖症会导致预期寿命的缩短。美国学者研究了超重及肥胖对于未来人口年龄发展的影响，与所有其他的预测相反，他们得出的结论是，美国人民的预期寿命将会下降，而不是像过去几十年里一样，随着医疗条件的不断改善继续上升。其中首要原因就是，儿童中过高的超重比例将使患糖尿病、冠心病和其他伴随性及继发性疾病的风险在低年龄段人群中显著提高，继而会使得相应人群在成年后的预期寿命大幅降低。在现代历史中，未来一代人的平均寿命将第一次不会比他们的父母更长。

永远在一起 ——————

亚历山德拉·斯泰因在家里再也待不住了。从昨天开始，她的不安已经持续了一整天，而且越来越严重。父母为什么不回电话呢？八十六岁的卢德米拉和八十八岁的威廉·贝尔格霍茨根本就不会有打电话不方便的情况，因为他们离开家的时间从来都不会超过三个小时，而且，以往他们不仅每天都期待着和大女儿的通话数次，还会要求女儿打过来。一定是出了什么事。几乎一夜无眠之后，亚历山德拉·斯泰因决定亲自去看看到底怎么了，于是开车去了柏林东北部，父母居住的那栋半独立住宅。在一种不好的预感的驱使下，她没有花时间去按门铃，而是用备用钥匙开了门。

当天下午一点半，我接到了凶杀案件侦破组打来的电话，负责此案的罪案侦查科警官告诉我，有位女士打电话报警，说发现她的父母在家中死亡。紧接着，他用了几个字向我简短地描述道，自然死亡的可能不在考虑范围之内，我们要处理的很可能是一起双重杀人案件。

半小时之后我到达现场，看到了一幅熟悉的画面：在房子旁边，车库前的车道上停着两辆警车，不过既没有闪蓝灯，也没有鸣警笛。实际警务工作中真实的案发现场或是尸体发现现场，可比犯罪电视剧里演得要低调多了。

许多看热闹的好奇目光从四周房子的窗户里向我们投来，

街对面也聚集起一些邻居和路人，正在那儿窃窃私语。离贝尔格霍茨夫妇的房子几米远的地方停着两辆现场痕迹保护部门的大众牌小型货车，刑事技术人员用这种厢体较大的车辆来运输在案发现场以及尸体发现现场需要使用的整套工具设备。

房子里到处都忙忙碌碌的。两位穿着白色防护服，戴着橡胶手套，脸上还蒙着口罩的调查员正走上通往二楼的楼梯，一位同样一身白色防护服的刑事技术人员正在提取进门处一个橱柜上的指纹。我看到走廊尽头，一个稍远的门洞里，相机的闪光灯闪了几下。警方的摄影师已经来了，正在为犯罪场景做记录。房子进门处的地上放着好几个打开的铝质提箱，这些提箱属于刑事技术组的同事们，里面已经摆好在案发现场收集物证线索需用的各种物品和工具。箱子里除了各种尺寸的塑料袋和纸袋、金属和塑料的镊子、大大小小的保存证据的塑料容器、配有不同镜头的数码相机和用来保存纤维状证据的塑料胶带之外，还放着几个密封的塑料袋，里面装着防护服。

将全身都包裹得严严实实的防护服的特别之处在于，它们自身不会掉落任何织物纤维（是用所谓无缝纤维无纺布制成的），并且可以避免防护服下的衣服掉下的织物纤维污染犯罪现场，给搜寻重要犯罪证据增加难度。更重要的是，调查人员不应将自己的DNA留在犯罪现场，并以这种方式留下"外来痕迹"，因为这些痕迹之后要费时费力地用DNA分析技术从现场的DNA痕迹中分离出来，留下实际来自嫌犯和受害者的DNA。出于这样的目的，警官们除了要戴上防护服的帽子以外，还要戴口罩，这样，他们在和同事交谈的时候，即使最微小的唾液喷沫都能够被捕获。此外当然还有橡胶手套，也可以防止这些技术人员在工作过程中留下指纹或者皮肤碎屑（还有再次随之而来的DNA痕迹）。而在某些规格的防护服中，像脚套一样完全能包住脚的塑料套鞋，是整套装备中的最后一环。

顺便说一句，作案者在犯罪现场一定会留下某些痕迹，比如他身上穿的衣服的纤维、指纹、毛发、皮肤碎屑、血液或精液等，我们认知到这一点已经有一百多年了。它是由现代刑侦技术的重要奠基人之一，法国医生、法学家埃德蒙·洛卡德提出的，这一理论为警察的侦查工作带来了革命性的改变。

于是，很遗憾，我必须夺走各位亲爱的读者的幻想，你们以为我们法医在犯罪现场也要负责刑事技术人员的工作，好像电视剧《CSI》里的法医们那样。这绝非事实。面对这种误解，我也常常自我安慰说，警官们同样不会来做尸体解剖的。

现场痕迹保护部门的调查员（在警界官方术语中简称为"SpuSi"，可别和巴伐利亚的Gschpusi[①]混为一谈）递给我一套还没拆包装的防护服，在去仔细查看两名死者之前我穿上了它，也戴上了手套、口罩，蹬上了塑料套鞋。真可惜，像

---

① Gschpusi，巴伐利亚地区的一种酒精饮料，与SpuSi发音相近。

《犯罪现场》里明斯特的法医伯尔纳教授那样，穿着定制的小礼服，系着飘逸的真丝围巾去工作，是肯定不被允许的——当然，这种穿衣风格本来也不太适合我。

我跟着这位调查员来到走廊，一只手提着装有镊子、电流刺激仪、电子体温计和眼药水的现场工作箱，另一只手拿着我的笔记本电脑。在通向起居室的门洞旁，调查员站定了，头往一边偏了偏，示意我看面前的地板。

卢德米拉·贝尔格霍茨的尸体仰面朝上，伸展着躺在这间二十五平方米大的房间的地板上。她的头倚着门槛，脚指向房间里。她身着一件白色的长睡衣，一件浅黄色的晨袍，脚上套着拖鞋。她的胳膊肘弯曲着，手掌放在胸口。靠近死者双脚右侧的地方，一个明显带有七十年代风格的一体式组合柜前，有一个翻倒的单人沙发。除此以外，起居室看起来是收拾过的。距她双脚半米远的地方立着一个助步器，她脑袋右边放着一副上牙假牙，还有一片沾着褐色、已经变干的"疑似血液附着物"的成人尿布。换句不那么专业也不那么经雕琢的话来说：尿布上沾着一些东西，看上去像是已经干掉的血。疑似血液附着物，或者说"吸附物"（也可以叫作"血痂"），在死者的口中以及鼻孔处也有。而两颊、上下眼睑、还有皮肤上，则有大量的细小点状出血点。

这种大多数直径不超过一到两毫米的红点，是强制性窒息身亡的典型表现，即由扼杀、勒死、捂住或者堵住口鼻而引起的窒息。这些血点不仅仅会出现在脸部皮肤上，出现最多、最密集的反而是在眼结膜上。为了检查那里，要将死者双眼的上下眼睑都用镊子夹住,然后向外翻卷一下,再放到牵拉装置下。这听起来好像很粗鲁,对于没见过实际操作的人来说看起来也是一样,但是只有这样才能毫无遮挡地看到眼结膜,不然它们总是躲在眼睑的里面,没法检查。

在卢德米拉·贝尔格霍茨的眼结膜上,也有大量的深红色点状出血点。从第一眼看到的情况来说,她是窒息而死的。但她是被动窒息吗?这个问题将在之后的尸体解剖中得到回答。

在离卢德米拉·贝尔格霍茨三米远的地方,威廉·贝尔格霍茨躺在一个三人沙发上,同样是仰面朝上。他身着一件灰色毛衣,一条黑色布料的裤子,还有黑色的袜子,从颈部到脚尖都盖着一条羊毛毯。他的右臂从沙发上垂下来,左臂弯曲,放在胸前。威廉·贝尔格霍茨的脑袋上套着两个塑料袋,不过此时被推到额头位置,好让袋子不会遮住他那张牙齿已经脱落的苍老的脸。

一名刑警告诉我,他们的女儿发现父母的时候,这两个套在一起的塑料袋仍然是拉下来的,一直遮到脖子——在我给死者做检查的同时,他向我简要介绍了调查的现状。亚历山德拉·斯泰因说,在警察和急救人员到达之前,除了套在她已经去世的父亲头上的两个塑料袋之外,她没有动过父母房子里的任何东西。医疗组在几分钟之后就撤离了,因为对于贝尔格霍茨夫妇来说,一切的医疗救治都为时已晚。亚历山德拉·斯泰因也明确地认定尸体就是她的父母,因此,在身份辨认这方面我们就不需要再做什么了。

当我为了检查尸体背部而把卢德米拉和威廉·贝尔格霍茨先后翻转过来,并把他们身上的衣服推上去的时候,我马上就看到尸体上已经形成了明显的尸斑。即使我用力以手指按压,也不能把尸斑"压下去",这表示我做检查时,他们二人很可能已经死亡超过二十个小时了。

为了做出更为精确的估计,我测量了两具尸体的体温,还有起居室里不同位置的室温,将测量数值输入手提电脑里的计算程序。结果是:卢德米拉和威廉·贝尔格霍茨差不多是同时死亡的,是在前一天的九点钟到十三点之间。由于亚历山德拉·斯泰因做证当天十点过一点儿的时候她给父母拨了一通电话,且那是第一次电话无人接听,调查员认为,很可能他们那个时候已经死亡了。

至此,我在贝尔格霍茨夫妇尸体的发现现场所做的检查就告一段落了。

一个小时后,负责此案的几位柏林凶杀案件侦破组的调查员,还有两位刑事技术人员,踏入了法医研究所的大门。几乎就在同时,我们所里的专业尸体运输车也把死者运来了。为了稍后在实验室里与尸体发现现场保存的指纹进行比对,刑事技术人员采集了卢德米拉和威廉·贝尔格霍茨的指纹,然后我们就开始了尸检解剖。

我把卢德米拉·贝尔格霍茨口鼻上已经结痂的血块取了下来。另外用无菌生理盐水润湿了一块脱脂棉片,将它放到了一个同样经过无菌化处理的塑料容器中。

在尸检室刺眼的氖光灯下，死者脸部皮肤和眼结膜上的那些点状出血点显得愈发清晰。我更加仔细地检查了死者的嘴唇和鼻子。上下唇的黏膜已经变干了，呈现出与之相符的褐色，嘴唇上方的皮肤、鼻尖和鼻翼，还有额头上也是这样。如果死者还活着的时候有皮肤磨损，就会发生这种"皮肤干燥"的现象。当表层皮肤脱落，下层皮肤就会由于水分蒸发而失水。一段时间之后，皮肤磨损的部位会形成一层浅褐色或者红色的痂——这是个不太显眼，但在类似这种情况下可当作决定性证据的指征，告诉人们曾经发生了些什么。

接下来，我查看了死者的嘴部。我还给卢德米拉试戴了一下那副上牙假牙，就是落在她尸体头部右边的那一副，发现正合适。卢德米拉的下牙床上还有自己原本的牙齿，当我把她的下唇轻轻地向外拉并翻下来的时候，我发现黏膜上有伤口。把下唇轻压在下牙床的牙齿上就能看出，受伤的部位与门齿和犬齿的咬合面正好贴合。没有人会用这么大的力气来咬自己，这个发现，加上那些点状出血点以及口鼻处的结痂块，只能得出一种结论：卢德米拉·贝尔格霍茨是窒息而死，是因为有人用暴力捂住了她的口鼻，很可能用的就是放在卢德米拉·贝尔格霍茨脑袋旁边的那片尿布。这一点很快就能由实验室里对于这片尿布的化验证实。

对卢德米拉·贝尔格霍茨进行尸检解剖的发现倒不怎么惊人。我发现她体内脏器的一处严重瘀血（这表明，在创口处有大量血液从内脏上的切面涌出），而且值得注意的是，血管中也有很多流动的血液。这两点本身并不是什么非常特殊的发现——仅凭这两点无法得出任何明确的结论——但与其他更明确的体征联系起来，就也属于指向窒息身亡的进一步证据。

血样和尿样的化学毒理学检验呈阴性。

威廉·贝尔格霍茨的尸检结果显示他同样是窒息而死的，不过窒息的种类和方式不像他妻子那样血腥。

在死者的胃部和十二指肠中，我找到了一种浅褐色的液态物，只有几毫升，其中混合了一些灰白色的麦糁状颗粒——看上去特别像是药片的残余物。这一定是威廉·贝尔格霍茨在死前一段时间吞下的，因为它们有一部分已经到达十二指肠了。

化学毒理学检验证实了我的猜测：这确实是药片的残留物，里面含有劳拉西泮，一种强力镇静剂，和我们购买的安定片里的地西泮成分差不多。不过，血液和尿液中检出的有效成分浓度很小，远远不到致死剂量。而威廉·贝尔格霍茨并无可以导致其死亡的严重疾病，他是被套在头上的两个塑料袋闷死的。

两天后，国家检察机关开始了死亡案件调查程序。刑警的调查显示，没有任何线索指向这两位老人的死是外来人员作案。他们所居住的那栋半独立住宅，无论是房门还是门锁，都没有任何暴力打开的痕迹。房间里的所有窗户都是关着的，过道上的橱柜和厨房的柜子里都放有大量现金，看上去不像是一桩抢劫杀人案。而且整栋房子里，除了贝尔格霍茨夫妇和他们女儿的指纹以外，找不到其他人的指纹。另外，警方的报告中这样写:"没有访客来访或者第三人曾进入房屋的迹象。"在二楼的卧室里,除了仔细整理好的个人文件和他们死亡的那天早上才写下的一封遗书之外,调查人员还找到了来自多个安乐死组织的资讯手册。

稍后,那片成人尿布的实验室检验结果显示,卢德米拉·贝尔格霍茨就是被这片成人尿布闷住而窒息的。如同预想的一样,那些浅红色的吸附物被证实为死者的血液。由于死者身上并无其他伤痕,这些血液只可能是她丈夫用成人尿布按住她的嘴巴时,从她下唇内侧的伤口里流出来的。

凶手不可能是其他人。尿片上既检测出了卢德米拉的DNA,也检测出了威廉·贝尔格霍茨的DNA,其他人的DNA痕迹则完全检测不到。而卢德米拉·贝尔格霍茨用尿片令自己窒息而死的可能性是可以被排除的,因为一旦因缺氧而失去意识,她手臂上的肌肉系统就会变得松弛无力(全身的所有肌肉组织都会如此),她也就无法继续按住尿片了。这样,一段时间之后,她就会恢复意识。用这种方式让自己窒息是不可能的。

这一点威廉·贝尔格霍茨也清楚,因此他选择了另一种方法。用成人尿布捂死了躺在起居室地板上的妻子之后,他在沙发上躺下,在头上套了两个塑料袋,结束了自己的生命。

"在最近几个月里,我的父母时不时地提起,哪天不行了,他们想要自杀。"亚历山德拉·斯泰因告诉进行调查的警官,"不过我以为那只是他们对于忧虑的一种夸张说法,从来没有引起警惕。"

卢德米拉和威廉·贝尔格霍茨的死亡，是一种典型的老年人自杀事件。人到老年，无论男女，都会越来越清晰地意识到死亡即将到来，尤其是当他们越来越清晰地感受到身体机能在衰退的时候。与此同时，对于伴侣去世的恐惧也与日俱增。研究自杀的学者们经常谈论与老年人自杀有关的整个"动机集合"，由一系列心理、生理和社会因素组成，共同促使他们做出了自杀的决定——而与之相反的是，对于较为年轻的人来说，单一的某个动机，或在一时冲动之下自杀的情况就较为多见了。

同时，贝尔格霍茨夫妇的案例也是一起典型的"集体自杀"。在他们所担心的事情——由于死亡或者去养老院而被迫分开——发生之前，卢德米拉和威廉·贝尔格霍茨共同做出了结束生命的决定。

在此，必须将"集体自杀"的概念与"扩大性自杀"做出非常明确的区分，关于后者，我们在本书的第二章里已经有所认识了。集体自杀，绝大多数是两个人（多人的情况很罕见）一致决定赴死。其中大部分人在自杀以前生活中的关系非常紧密，通常是长期的伴侣。最常见的自杀动机是身体上的疾病，或者年老体衰。在典型情况下，当事者会选择同样的自杀方式，比如吃安眠药或精神类药物、服毒、开枪自杀、跳楼——或者如同贝尔格霍茨夫妇的案例，窒息身亡。大部分案例中，伴侣会同时结束自己的生命。除此之外，集体自杀中也有类似扩大性自杀的情况，即两人中的一人先杀死另外一人，然后再自杀。但这起案件，从定义来看，并不是一起扩大性自杀，因为一人杀死另一人的举动是建立在共同决定的基础上的，可以看作卢德米拉和威廉·贝尔格霍茨共同制订的计划。

之所以要严格区分两种概念，是因为需要先杀死伴侣的那个人，有可能在自杀时活下来。在这种情况下，如果有足够的证据证明这其实是一起扩大性自杀，那么活下来的这个人就会因杀人罪被起诉，并得到相应的刑罚。而不同的是，集体自杀的幸存者几乎不需要承担任何法律后果。

不过，那时候他或她也几乎不会因此而高兴。

发现父母去世之后，亚历山德拉·斯泰因于深夜回到了家中，她发现自家信箱里有一封信。这封信是她父亲威廉·贝尔格霍茨写下的，有签名，信上还有来自她母亲的颤抖的签名。在这封于两位老人死亡当日清晨寄出，向唯一的女儿告别的信上，威廉·贝尔格霍茨用简明扼要的字句描述了他们的恐惧。担心一方比另一方活得更久，不得不独自继续生活；担心生活自理能力日益下降，不久就会完全不能自理，必须搬去养老院。信中写道："比起死亡，我们更害怕养老院，虽说你可能无法理解这一点。"

有一种特殊的集体自杀，这种集体自杀十分令人震惊，幸运的是，它非常罕见，这就是"仪式性大规模自杀"。牺牲者几乎都是某个邪教的成员。比如一九九四年十月，瑞士"太阳圣殿教"的五十三名成员集体死亡，再比如一九九七年三月，在加利福尼亚州圣迭戈附近的一幢别墅中，邪教"天堂之门"的三十九名成员大规模集体自杀，这些事件都引起了极大轰动。

有关当局对"太阳圣殿教"集体死亡事件的调查结果显示，从法律角度来看，牺牲者中的大多数都是被谋杀或者被迫自杀身亡的。

而那些死去的邪教"天堂之门"的教徒，看上去确实是死于一起真正的大规模集体自杀。这个邪教的成员相信，死亡是一种解脱，也是一种在外星人的帮助下实现的"进入宇宙空间的超度"。该邪教成员认为，有一架UFO藏在二十世纪被观测最多的天体、最亮的彗星之一海尔－波普彗星的身后。一九九五到一九九七年间，用肉眼就可以在夜空中看到这颗彗星。他们坚信，这架UFO将在他们死后带他们进入新的生命体，因此，他们选择在一九九七年三月，彗星离地球最近的时刻集体自杀。这些年龄在二十六到七十二岁之间，一身黑衣的邪教教徒，在服下强效安眠药，并在头上套好塑料袋，躺在地上迎接死亡之前，先把身份证或其他个人身份证明放在身边，好让警察能够识别他们的身份。

当然，从法律层面来说，人们不由得会产生疑问，像这样的邪教成员大规模集体自杀，自杀决定到底在多大程度上真正反映了个人的自主意愿呢？不论如何，结合了群体驱动、毒品和精神药物的宗教狂热，无疑会损害个体的责任心和决策能力。不过，回答这个问题远远超出了我的职责范畴，在此我只想摇摇头，也就够了。

瓦肯人的手段

在审判开始之前,我的目光扫过已经坐得满满当当的法庭。五张法官座椅——三位职业法官和两位陪审员——还空着,被告和他的律师已经站在辩护席桌边了。他们在交谈,虽然压低了声音,却显然难掩紧张。弥漫在审判大厅里的紧张感几乎伸手即可捕捉,这也难怪,今天在这里很可能要澄清法院的一项误判。而且不止如此,这还是一桩与黑手党有关的案子——甚至"企业号"宇宙飞船上的史波克先生[①]也掺了一脚。

那么,按照时间的顺序来看,到底发生了些什么呢?

阿列克谢·弗拉基米罗维奇,三十八岁,本案发生八个星期前,他随一个旅行团从白俄罗斯入境德国。迄今为止,人生中的大多数时间他都是在俄罗斯度过的,他在那里的一家军事情报机构待了六年,除了破坏和间谍活动之外,这家机构还会执行反恐任务。此外,弗拉基米罗维奇会时不时地在德国待上几周,来"办事",而这些事都与俄罗斯黑手党有关。这一次他来,是要向一个叫伊诺·荣格曼的家伙催讨一万四千五百欧元的债务。荣格曼以偷窃和销赃为生,曾多次因人身伤害和抢劫而获罪。半年前他才被释放出狱,如今

[①] 史波克先生(Mr. Spock),系列影视作品《星际迷航》中的角色,瓦肯人和地球人的混血儿。

就又上了警方的通缉令。

在数次打电话催促,以及一次短暂的见面皆无果后,弗拉基米罗维奇决定动用武力逼债。他和荣格曼约好了再次见面,并声称如果荣格曼能完成两个"小任务"的话,就免除他的债务,任务的具体内容晚上见面时再细聊。他选择了一位朋友的住处作为碰面地点,这位朋友是二十二岁的德籍乌克兰人乌斯廷·科勒斯尼科夫。

晚上八点钟,伊诺·荣格曼按照约定时间准时来到会面地点,他独自前来,深信能找到一个办法解决自己的债务问题。当荣格曼按响公寓的门铃时,弗拉基米罗维奇走到起居室里一个不靠墙的三人沙发背后,藏了起来。科勒斯尼科夫打开门,把来访者引到起居室的沙发上坐下。他说弗拉基米罗维奇被一些事耽误了,不过随时都有可能过来。

荣格曼刚刚坐下,弗拉基米罗维奇就站起身,挥出一根一点五米长的尼龙绳,从荣格曼身后套住了他的脖子,然后用尽全力拉紧。最初几下激烈的挣扎过后,荣格曼终于失去了意识,死了。

弗拉基米罗维奇和科勒斯尼科夫马上就把死者捆扎了起来。他们把死者的上半身压向大腿,直到把头按到两膝之间,在这个姿势下绑上了好几道胶带。他们把捆好的尸体用一个床罩包好,从一楼通向庭院的出口搬出,把这个包裹装进了停在门口的科勒斯尼科夫的旅行车里。四十五分钟之后,他们来到一片事先踩过点的小树林。在那里,用汽车前光灯当照明,他们把已经死亡的荣格曼从床罩中拿出来,解开缠在他身上的胶带，然后匆忙溜走了。

第二天下午，尸体被采蘑菇的人发现了。

不到两个星期后，阿列克谢·弗拉基米罗维奇和乌斯廷·科勒斯尼科夫作为紧急嫌疑人被捕。一通匿名电话向警方提供了线索。第一次审讯的时候，科勒斯尼科夫就向刑警们详细交代了作案过程，以期宽大处理。

案发仅几个月后，本案就在图林根州格拉市地方法院刑事陪审大法庭开庭审理了。判决结果为：有多次前科的科勒斯尼科夫作为本起人身伤害案的从犯，被判处一年有期徒刑。他使法官们相信，在准备作案的时候，他一直以为只是要把不愿意还钱的荣格曼绑起来，带到黑暗的树林里再放出来。相反，阿列克谢·弗拉基米罗维奇被控蓄意谋杀，这在很大程度上是拜他作案前的各种精心准备所赐。比如说，法官不相信会有人特地亲自去某片树林里踩点，就为了把一个绑来的人在那儿释放。更为关键的一点是，这位催债人在犯罪当日上午事先伪造了一个不在场证明：弗拉基米罗维奇把他的一张银行卡和卡的密码，还有他的一件皮夹克和一顶鸭舌帽交给了一个熟人。这样这个人就可以证明，在和荣格曼碰面那晚，他在将近三百公里之外的一个小城，用这张银行卡从自动取款机里取了两百欧元。为了完成这个任务，这位熟人要穿上弗拉基米罗维奇的皮夹克，并且注意压低鸭舌帽挡住脸，还要一直背对放着自动取款机的银行前厅里的摄像头。傍晚时分，这位被委托的熟人收到了一条弗拉基米罗维奇发来的短信，这是他们商定好开始取钱的行动信号。这位熟人作为证人，在审判时证实了所有这一切。

法庭认为，这一伪造不在场证明的行为，可以证明弗拉基米罗维奇绝非只想把受害人"好好教训一顿"。据此，法庭因谋杀罪判处这个白俄罗斯人终身监禁。

读了关于犯案过程的记录之后，估计您不会对此判决感到惊讶。然而，被告人却声称，他从未有意杀害伊诺·荣格曼，他的律师提出了上诉，并取得了成功。

负责此案的联邦最高法院撤销了对弗拉基米罗维奇的判决，并把本案打回，指定格拉市地方法院的另一个刑事陪审大法庭重新审理。在仔细审查了诉讼程序后，联邦最高法院里具有决定权的刑事庭得出结论，第一刑事陪审大法庭的证据评估有几处不完整或自相矛盾，涉及法庭上推测的弗拉基米罗维奇的杀人动机，以及其具体杀人过程。

因此，在此案初审一年多后，我坐在了这间审判庭里，看着三位法官和两位陪审员走进大厅。紧接着，主审法官宣布荣格曼案第二次审判开庭。

今天是我第一次见到被告本人以及他的从犯，不过那位从犯这次只是作为证人出庭，他的判决已是最终判决，不存在任何值得讨论的问题。没见过被告没什么可奇怪的，我被传唤出庭时，往往只能根据照片认出犯罪嫌疑人。但是此案中，连受害者我也只是见过照片。我既没到过尸体发现现场，也没有为本案做过尸检，我对于本案的了解都源于认真研读卷宗，而这是我作为高级鉴定员应邀在刑事法庭出庭时必须做的事情。

高级鉴定员指的是一位以前没有参与过该案的法医专家，现在要听取其"专家意见"。最初参与了这起案件，也就是在尸体于树林中被发现后为之做尸检解剖的那位法医，也要参与案件审理。而之所以还需要一位高级鉴定员，是因为阿列克谢·弗拉基米罗维奇的上诉理由中有一项是对原诉讼法庭关于尸检结果的解释提出疑问，对此，需要我在重新审理该案时做出详细说明。

辩方用以出击的武器不是哪项具体的证据，而是证据中缺失的部分：伊诺·荣格曼的尸体上没有显示出任何一个"重要的郁血症状"，眼结膜上也没有点状出血点。这两点都是被勒死之后应该出现的现象。

除了上吊和扼杀之外，勒毙属于法医工作中最常见到的窒息身亡的种类。指的是用绳子或皮带等限制呼吸的工具挤压（压迫）颈部柔软部位，而不是像掐死那样徒手扼住颈部。由于颈部被紧紧勒住，流向大脑的富氧血液量会明显减少。而同样地，与动脉血流方向相反，将贫氧血液从脑部运走的颈静脉也会被这个工具压迫。所以归根结底，勒颈致命是因供血不足导致大脑供氧不足，而不是上呼吸道受挤压导致的吸气障碍。虽然在被勒死的过程中气管也会被压缩，但比起颈部的血管来说，气管要更稳定，可以更多地抵抗勒住脖子的绳子或皮带的压力。要想通过把气管压窄、阻碍呼吸而置人于死地，几乎是不可能的。压住喉头也是同样如此——至少对成年人来说。

　　勒颈致死的典型表现是一种普遍情况下会非常明显的郁血症状，出现在头部、脸部和颈部皮肤以及其下的软组织里。产生这一现象的原因是：相较于颈静脉，颈动脉位于软组织中更深一些的位置，血管壁也要更厚一点。因此，在勒颈的过程中，往往会有一些血液通过颈动脉流向头部和脸部。而与之相反，紧挨着颈部皮肤的颈静脉血管壁较薄，会被完全压紧，结果就造成血液流入头部和脸部后无法流出。于是，在被勒死的尸体外观上，这些郁血就表现为脸部软组织严重肿胀，另外脸部及颈部皮肤会变为深红至紫色。而被勒死的死者的脸上，包括眼睑和嘴唇，都会因此而真的"肿起来"。

　　除了喉头和舌骨的严重损伤——表现为骨折和出血——以外，勒颈致死的另一特征是前面章节里已经详述过的点状出血。在观察尸体时，我们可以在眼结膜和脸部皮肤上发现这种典型的出血点。此类点状出血点对于法医来说是一个重要证据，由于外观相似，有些法医也将它们称为"跳蚤叮咬状"出血点，可证明颈部被勒住持续了至少二十秒之久。从这时起，受害者的性命就处于严重危险之中，不仅因为他们会失去意识，无法继续自卫，也因为缺血和缺氧会引起脑细胞损伤。

　　而在伊诺·荣格曼的案子里，负责尸检的法医并没有发现点状出血点，死者脸部也不像其他被勒死的人一样肿胀。因而阿列克谢·弗拉基米罗维奇的辩护律师认为，这是一个证据，说明他的委托人没有把荣格曼勒到断气。而这也佐证了被告人的说法，也就是他所声称的，他用那条绳子从后方套住荣格曼，只是为了绑住其上半身。在这个过程中，由于疏忽大意，绳子不知怎么就往上滑到了脖子的位置。荣格曼曾经用力反抗，试图从绳子里挣扎出来。而他的共犯不准备动手帮助，所以他本人，弗拉基米罗维奇，不敢放松绳子。仅仅是出于这个原因，他才把绳子一直拉紧，直到受害者无法继续反抗，而他坚信荣格曼只是失去了意识。当他发现人真的死了的时候，马上就和科勒斯尼科夫一起决定，以最快的速度把尸体处理掉。

第一次庭审的时候，法官完全不相信这个说法。在当时的判决书中，法官不仅指出前文已经提及的伪造不在场证明的问题，还提出说，用一根长度仅有一米五的绳子，不能把任何人绑在一个长一米八的三人沙发上。由于法官们认为这些证据已经足以说明案情，就没有继续考虑尸体缺少勒死的特征的问题。

而辩护律师后来在其上诉理由中申诉的正是这些情况。依照律师的观点，这些与之相应的尸检发现恰是荣格曼并非被勒死的证据，死者更有可能是因无意间上滑的绳子导致颈部特定神经中枢受到刺激而死。这种"反射性死亡"——下文会详细解释——是他的委托人不可能事先预料到的。第一次审判时没有对这些相关事实进行充分评估，所以在重审时需要一位之前没有参与过此案的法医鉴定员，来检验反射性死亡是否是可能的死因。

联邦最高法院主管刑事庭同意进行这一评估，批准了上诉请求。

因此，验尸结果显然就成了此案重审过程中最重要的部分。

在我为庭审做准备，研究那些寄来的案件材料时，突然想到开头提到过的史波克先生。毕竟，在二十世纪七十年代，我还是一个孩子，从来没有错过《星舰企业号》——当时它在德国电视上叫这个名字——这部电视剧的任何一集。我也因此看了很多次瓦肯人是怎么准确地抓住敌人的脖子，让他们毫无生气地倒在地上的。类似的反应也能在动作电影中看到，特别是在亚洲武打电影中：刚刚还站着打得正热闹的男男女女，脖子上挨了一记手刀后，突然间就"死"在了地上。

不过，人真的会这样死去吗？这种"反射性死亡"能够因为一条缠在脖子上的绳子而引发吗？

这正是我要在法庭审理过程中回答的问题。

在法医界，对于攻击颈部而引起的反射性心跳骤停（"反射性死亡"）的研究已经有将近九十年的历史了，在德国司法史上，第一次讨论这一现象的可能性，是在"冯·迪林根案"中。

一九二六年五月，赫尔曼·冯·迪林根因谋杀罪被奥斯纳布吕克刑事陪审法庭判处死刑。一开始，法庭认为冯·迪林根勒死了他已经怀孕八个月的恋人艾玛·霍格，然后将她扔到了一条水沟里，并认为这是确证无疑的事。在最初的一份供词中，冯·迪林根承认他抓住了她的颈巾，并把这条丝巾紧紧拉住。随后她"胡乱蹬了几下"，接着才"安静不动了"。

然后他把她扔到了水沟里，打算伪装成这位年轻女子是自杀身亡的。后来这名被告撤回了供述，提交了另一份供词，说他"只拉了那条丝巾一下"，结果她"一下子就倒在了地上"。

虽然在对艾玛·霍格的尸检中既没有发现勒死的标志痕迹，也没有其他任何迹象能确认这位年轻女子的颈部受到了袭击，检方仍以勒颈杀人的罪名提起控告。理由是：在对艾玛·霍格的尸检中没有发现任何溺水身亡的迹象，根据这一情形，当时的法医鉴定员断定，她在被冯·迪林根扔进水里的时候就已经死亡了。因而，缺乏勒死的标志也就不一定能否定艾玛·霍格是因被勒住而窒息身亡的。综合考虑尸检结果和被告的第一份口供，这位年轻女子就被认定为是被当时脖子上戴着的丝巾勒死的了。

辩方后来从另一位法医专家那里获得了一些反对意见，该专家得出的结论是，基于尸检结果，无法证明死者是被勒死的。因为死者身上既没有勒死的标志性痕迹，其喉头和舌骨也没有受伤，被告所做的勒颈应该只持续了极短的时间。因此，艾玛·霍格的死亡更可能是一种"冲击效应"的结果。被告在没有杀人意图的情况下，只按压了一下她的脖子，就造成了艾玛·霍格的反射性心脏骤停，从而导致了她的死亡。

于是，对于赫尔曼·冯·迪林根的判决由谋杀死刑，改为人身伤害致死，判处两年监禁。

在弗拉基米罗维奇的案件中，辩护律师以有可能是"反射性死亡"为由提请上诉，其目的也是为了得到同样的判决结果——法院将此案判为因殴打或人身伤害致死，而非谋杀，从而大大减轻量刑。从被告的角度来看，我是为了释放他，才到这个法庭上来的。所以我丝毫不觉得奇怪，为什么阿列克谢·弗拉基米罗维奇从第一分钟开始就频频转身朝我这边看。而当审判开始，在我仔细听检察官宣读起诉书的时候，只要我看向被告坐的长凳那边，就会感觉到他在盯着我，即使我们的眼神从未相交。

还要等一段时间才轮到我，轮到我直接站到法官席前、辩方与检方之间的小桌子旁边，向在场的所有人陈述我对于这件事的看法。在那之前，还有几位证人的证词要听，其中包括几位警官，还有已经获刑的从犯乌斯廷·科勒斯尼科夫。

辩护律师站了起来，他先是宣读了一份长达十八页的出自其委托人的陈述书。在这份陈述中，被告承认了部分指控，然后明确地强调，他对于所发生的事情感到深深地抱歉。但同时，他认为自己也是一个受害者。他的委托人曾经威胁说要杀死在白俄罗斯生活的他的妻子和孩子，以此来强迫他"逼一逼"伊诺·荣格曼。除了照他们说的做之外，他想不到任何其他办法。弗拉基米罗维奇再次强调，他无意杀害荣格曼，尸体上缺失的标志性勒死痕迹也说明了这一点。

在进入询问证人的环节之前，辩护律师提出了一项"举证申请"。根据《刑事诉讼法》的规定，被告、辩护律师、检察官和共同原告，可以在审判中提供自己的"证据主张"。弗拉基米罗维奇的律师提出申请，希望法庭允许我以法医学专家的身份检验他的主张，即伊诺·荣格曼死于一次反射性心脏骤停，而非被勒颈而死。法庭同意了这一举证申请。

第一批出庭的证人是与受害人有私人关系的三名男子，不过他们对于搞清弗拉基米罗维奇和荣格曼两人间的关系没有什么太大的帮助。另外，科勒斯尼科夫和受弗拉基米罗维奇之托、帮他做不在场证明的那位熟人的供述也没有带来什么新鲜东西。不过我觉得，观察证人席上的这位从犯还是很有趣的——他看上去很慌乱，很紧张，虽然那时他已经服完了他的刑期。我很快就明白这是为什么了。有弗拉基米罗维奇在场，他这个招认了的从犯以证人身份要重新踏入法庭，还要宣读有关当时作案经过的详尽供词，这显然令他很不舒服。一方面，他一直很尴尬地回避，不去往被告席上看，不想和弗拉基米罗维奇四目相交；另一方面，他又有好几次表示出对当时的庭审记录感到惊奇。面对主审法官的质询，他每次都小声地承认当时的陈述是真实的，符合真相。

紧接着出庭的是最早接到电话，赶到尸体发现现场的警察。他陈述了急救医生是如何在死者的颈部和背部皮肤上发现带状擦伤和出血的，这些伤痕断续出现在完好的皮肤上，因此让人马上就产生怀疑，该男子应该是被勒死的。于是刑警接手了案子，整套刑侦、调查，包括现场痕迹保护，检察院和法医参与的程序都启动了起来。

当之前参与此案的那位法医以专家的身份发言，再次总结报告他的尸检结果时——从某种意义上来说，这也是我作为高级鉴定员出庭前的预备——被告紧张的期待感明显提高了。在法医当场向法庭提交的报告中，详细描述了死者颈部那些重要的带状擦伤和出血，这些颈部伤痕中有一个"空白"，也就是那里的皮肤完好无损。这些是勒死被认定为唯一可能死因的证据，因为在尸检过程中既未发现其他伤痕，也不存在任何迹象证明死者患有疾病或受药物的影响。尽管给出了如此明确的解释，这位法医同事在论述的最后还是再次强调，指出存在一些"对他来说无法解释的状况"，即尸体上不仅眼结膜和脸部皮肤没有点状出血点，脸部和颈部也看不到充血和肿胀的现象。

当这位法医同事阐述完毕，并回答了来自法官、检察官和辩护律师各方的质询之后，就该轮到我了。高级鉴定员要坐到鉴定席上，以专家的角度，回答关于"反射性死亡"这个笼罩着神秘气息的问题。如同之前所说的，这毕竟是为了避免可能出现的误判。因此，当法官告诫我，作为鉴定人员，我应该以我全部的知识和清白的良心，不带个人私心地给出鉴定意见时，我真切地感觉到被告和他的辩护律师在一旁屏息静气，仔细地注视着我。

在进入主题，开始讲解反射性心脏骤停出现的可能性之前，我首先分析了一下刚才介绍过的尸检结果。没有什么新的内容要补充，也没有什么不一样的判断，我只是想再强调一下死者所受内伤的一些细节，因为它们随后将扮演重要的角色：伊诺·荣格曼的喉头和舌骨（一根约四厘米长的马蹄形骨头，位于喉部上方）都已折断。包裹着喉头与舌骨的软组织大量失血。这两点都显示出，施于伊诺·荣格曼颈部的暴力并非微不足道。残留的血液使得软组织发红,还闪着湿润的微光,这使得我们可以得出以下两点推论:第一,这些伤口必定给受害者造成了性命攸关的伤害。第二,它们是"新近"发生的,也就是说,是伊诺·荣格曼死前不久产生的。

为了阐述对"反射性死亡"的看法,我需要先从更远的地方讲起,并举例解释它是什么意思。

我对在场的所有人讲解道,某些神经末端受到突然而强烈的刺激,将会引起人体血压和心率骤降,大家对此均无异议。因为在这种情况下,大脑将在短时间内无法得到足够的血液以及血液中的氧气,这会使人暂时失去意识。这样的"昏厥"(Synkope,由希腊语里的 syn,意为"集中",和 koptein,意为"击打"组成)是由钝性外力引起的。比如用力击打,或者格斗运动比赛中的踢腿,又或者一记大力射门,球却打在了所谓太阳神经丛,也就是腹部深处的一簇神经丛上,被击打者将被暂时击昏(所谓 K.O.)。有时视觉上的印象(比如看到自己或别人流血),也会因神经通路的控制方式在某些人身上引起类似的循环系统崩溃,紧接着导致人暂时失去意识。无论是由外力引起的,还是由瞬时情绪激动触发的,这种昏厥反应都有可能致死。

在讲述的过程中,我没有特意去看任何人,所以并不知道这番意见在辩护席上引起了什么样的反应。不过我可以想象,被告和他的律师会觉得他们的观点得到了证实。

当然,具体到这个案子里,我的这些说明尚不足以回答受害者是否真的死于"反射性死亡"这个问题。在我作为鉴定员对此表明态度之前，需要先向法庭解释一下这种反射机制的医学基础知识：在人体的多种部位上，分布着不同的感受器。简单来说，感受器是一些特定细胞群，可以把作用于人体的刺激转化为生化信号，从而将刺激的种类和强度信息传达给大脑。比如每个人通过经验熟知的痛觉感受器信号，或者通过温度感受器感知的冷热，就是很好的例子。此外，有一些非常特殊的感受器，位于人体颈动脉的器官壁上，它们负责调节我们的血压与心率。刺激这个"压力感受器"（presso-，来自拉丁语 pressare，意为按压），可以导致心率减缓、血压下降。这样一来，心脏泵出的血液就会变少，而这些血液的主要功能之一就是为大脑提供维持生命所必需的氧气。压力感受器的机能在于抑制极端条件下的血压，使之不会上升到对生命产生威胁的高度。不过，如同我们通过大量动物实验所熟知的那样，颈动脉中的这些感受器也会对来自外部的压力产生反应。针对这一点，几十年前，曾有人在人体上做过许多不同系列的实验，如今，出于伦理方面的考虑，所有这类实验都无法再获得许可了。那些实验曾证明，在受试者颈部正确的位置上施以强力按压，会导致心率下降和血压降低，也经常会导致受试者失去知觉。但是，在这个"压力实验"中，有超过八千名年龄在十五到九十五岁的受试人参加，却未曾出现一起死亡案例——即便部分参加者是患有原发心脏疾病的病人，即高风险受试者。

虽然这些实验都属于过去的时代，不过在今天，某些时候仍然会有针对性地攻击颈动脉中的压力感受器。比如在美国，如果有人在被拘捕时抵抗的话，他就可能会被美国警察施以勒颈攻击，这种技术被称为"颈动脉窒息术"，是从柔道和巴西柔术中引入的。警员将手臂从背后绕过打算制伏的人的脖子，让手肘处于当事人的颈部前方，再通过拉紧弯曲着的手臂，就可以在颈部一侧施以强大的压力，这样一来，当事人瞬间就会失去意识。

实际上，由于使用了勒颈攻击而致人死亡的事情时有发生，然而迄今为止，这些事件中没有任何一起被认定为"反射性死亡"。所有已进行的尸检都表明，准确地说，是一次作用于颈部的强烈暴力最终导致窒息。死亡原因是不恰当的攻击引起的长达几分钟的窒息，而不是什么对于压力感受器的一次突如其来的刺激。

在运动医学的文献中，同样没有任何关于"反射性死亡"的案例记录，虽然有几项格斗运动中有明显针对颈部的大力攻击。而且在所有与此相关的可疑案例中，尸检中都发现了相当明显的伴随性颈动脉损伤——撕裂甚至完全折断，足以说明死亡原因。

当然，也存在一些特殊的情况，在那些案例里，一次对于颈部的突然袭击只有那么一瞬间，并没有其他的暴力行为，却导致了死亡。但死亡原因并不是这次攻击引起受害者的心脏骤停，而是在颈部被打、被袭或被踢之后，当事人失去了意识，无法做出反应，以至于发生了诸如溺水或从高处坠亡之类的事情。

在我重新回来陈述伊诺·荣格曼的案子之前,要先详细而深入地讨论一下德国司法史上唯一把判决建立在无法排除的"反射性死亡"上的案例,也就是"迪林根案"。我朝辩护席那边瞥了一眼,看到我宣布要分析这个案子之后,辩护律师和他的当事人频频点头。我讲了冯·迪林根的故事,并念了他的判决书,资料上记录着他被改判为"因人身伤害致他人死亡,处以两年监禁"。讲完时,审判大厅里的所有人都意识到,接下来,我发言的中心部分就要开始了。我甚至感觉到现场的有些人听得屏住了呼吸。

我再次指出我们需要将本案与迪林根案仔细比较:在迪林根案中,受害者身上缺少某些勒毙的死者尸体上都会出现的痕迹。然后,我向法庭解释了两案中的决定性差异:一是,与艾玛·霍格的情况相反,伊诺·荣格曼的尸体上很好地显示出了勒死的痕迹。颈部正面和侧面的勒痕,即脖子上留下的凹痕,与被告从受害者后面勒住他这一动作吻合,这也正是共犯科勒斯尼科夫所描述的犯案过程。二是,在对荣格曼的尸检中,我们发现其喉头和舌骨都受了重伤。这与美国警察勒颈攻击致死,以及格斗运动中受伤致死的情况中出现的伴随性伤口类似,足以解释伊诺·荣格曼的死亡原因。

至于"迪林根案"实际到底在多大程度上符合真正的"反射性死亡",还是说那时人们并未注意到,怀孕好几个月的艾玛·霍格其实患有某种在当年的医疗条件下无法检测出来的疾病,已经不能根据诉讼资料和尸检结果查清了。不过无论如何,最终导致艾玛·霍格死亡的那个原因,并没有使得她的颈部受到严重的伤害。然而在伊诺·荣格曼身上，却存在这些损伤，因此他也就不可能死于一起"反射性死亡"。

而能够说明伊诺·荣格曼之死并非由反射性心脏骤停引起的另一个证据，是被告自己提供给我们的。阿列克谢·弗拉基米罗维奇在第一次庭审时就已经供述，他把那条尼龙绳套在荣格曼的脖子上之后，曾经持续抓住并且拉紧了绳子一段时间，直到荣格曼不能再反抗。而施加在颈动脉处的压力感受器上的按压，如果位置正确的话，可以在瞬间导致对方昏厥，正如我之前向法庭描述"颈动脉窒息术"的运用时所说的那样。如果荣格曼确实如同弗拉基米罗维奇所供述的那样，曾经试图从勒住他脖子的绳索中挣扎出来，那这本身也是一个明确的证据，说明反射机制在此案中并不成立。如果在伊诺·荣格曼身上出现了反射性心脏骤停的话，他会突然间倒下，完全没有能力去反抗。勒死的过程更加不会像科勒斯尼科夫所说的那样，持续了超过两分钟的时间。

最后，我在专家鉴定意见的口头陈述总结中，排除了辩护律师为弗拉基米罗维奇所申请的举证——即伊诺·荣格曼因"反射性死亡"而死——的可能性。

刚开始的时候，辩护律师看上去一副胜券在握的样子，而且我敢肯定，他是真的相信了"反射性死亡"那套理论。在我给出了口头鉴定意见之后，他也不愿意这么快就放弃。不出所料，在随后的询问环节中，他又提起尸体上缺少勒死的典型标志。"您如何解释，在伊诺·荣格曼身上既没有发现通常都会出现的郁血症状，也没有发现点状出血点呢？您之前见到过这样的现象吗？这些痕迹的缺失难道不是清楚地表明了受害人并不是被勒死的，而是涉及反射性死亡的范畴吗？"

在答复时，我首先指出，虽然数量极少，但是确实存在一些案例，勒死的尸体完完全全没有这些典型特征。有一些在专业文献中被详细地记录了下来。我还补充说，勒杀时，除了存在郁血症状和点状出血点之外，喉头和舌骨内伤的形态也会有显著差异，以此作为进一步的解释。决定这些伤痕的包括用来勒颈的工具种类、犯罪的激烈程度、勒颈过程的持续时间，还有受害人当时的反抗情况。

最后我解释说："在伊诺·荣格曼的案件中，从作案者勒颈的'效率'可以推测出，不论是动脉的血液流入还是静脉的血液流出，都因颈部被压住而完全停止了。而这进一步导致了不论是颈部的肿胀还是点状出血点，都不可能出现。"

我私下里还想到——但没有说出来，因为这些是我的个人见解，不属于作为高级鉴定员的判断——阿列克谢·弗拉基米罗维奇从后方攻击伊诺·荣格曼，并勒住荣格曼的脖子时，他很清楚自己在干什么。他在特种部队里当兵的六年时间不是虚度的，在那儿他可不是在心理层面打仗，而是真正动手去干。

不过，他的律师仍然列举出了一长串的"司法先例"，提出了一个又一个的举证申请，不过所有的案例中没有一个与我所说的情况相矛盾。

终于没有人再提出新的质询了,庭审中关于我的部分结束了,我被"致以谢意,然后退庭",绝大多数法官会用这样礼貌的方式来送走证人。接下来的一天,我可以继续在旁听席听检察官和辩护律师的陈词与辩护,不过我没有去。被告说完他最后要说的话(只要他想说,这是他依法受到保障的权利),法官尚未宣判之时,控辩双方将进行有时会长达几个小时的总结陈词,来表述他们认为综合考虑庭审过程和所认为的事实后,应该做出怎样的判决——如何量刑,是否无罪释放。

而如果每一个邀请我作为鉴定员出庭的案子我都坐在一边去旁观这浪费时间的法律流程的话,我就几乎不会有时间做本职的法医工作了。而我做这一切又有什么目的呢?如果有人因为我出示的法医鉴定结果而被判有罪,我也并不会感到心满意足。不过当我离开审判大厅时,心里没有一丝怀疑,本案一定会这样判的。与辩护律师的期盼不同,第二次审判仅仅证实了第一次审判中已经确认的事情——阿列克谢·弗拉基米罗维奇最终因谋杀罪被判处无期徒刑。

而在专业人士中,大家仍然期待着第一起可被证实"反射性死亡"的案例。因为那个有地球人母亲的混血瓦肯人,也不过是让他手底下的人昏迷上足够长的时间,以保证他们不能再来干扰"企业号"飞船的使命而已……

有毒的尸体

大约十二年前，我的一位同事刚刚结束医学学业，作为助理医生第一天来上班。早上七点，他准时踏入法医研究所，在这里，他将作为一名法医开始自己的职业道路。他先被安排好了工位，在尸检室里。接下来，所有的法医、尸检助理和标本制作师都聚集到了旁边的一个房间里，一起吃点心为一位同事庆祝生日。（是的，法医研究所里确实一样会做这样的事情，在柏林也是。）

当天的寿星，一位六十四岁的尸检助理把蛋糕递给大家，这蛋糕是她亲手制作的爱心烘焙，得到了大家的一致称赞。新来的同事和其他人一样，觉得蛋糕非常好吃。蛋糕很快就全吃光了，一块都没剩下。然而，仅仅几分钟之后，这位新同事就为自己的好胃口感到十分后悔——当时，他和过生日的尸检助理一起，开始做他的首次尸体解剖。他毛骨悚然地发现，这位女士在解剖时没有戴手套。她不仅不戴手套就切开了肥胖的死者的胸腔和腹腔，还把手伸到那男人的身体里，扯掉结缔组织和软组织，用裸露的双手取出鲜血淋漓、某些地方还挂着滴滴答答掉落下来、被切碎的脂肪组织的各个器官。

面对新同事提出的"为什么不戴手套"的问题，她干脆利落地回答说，她这辈子干这行已经四十多年了，从来都没有戴过。之后，这位同事就避免参加那些一起享用同事们自己带来的菜的聚餐活动了。这当然有些反应过激了，但在我们柏林研究所，没有人在尸检室或者实验室里不戴手套干活。

不过，医生们不得不赤手做手术、做尸检的年代，离现在也没多远。

十九世纪末，橡胶手套开始在外科手术中投入使用，使用者是美国的外科医生威廉·斯图尔特·哈斯特德（另外，他还在一次实验中向自己体内注射可卡因，进行局部麻醉，从而成为局部麻醉术的共同创始人之一）。尽管如此，又过了五十到六十年，法医界才开始使用橡胶手套。直到十年或十五年前，还有个别法医和解剖助理，工作几十年，习惯了不戴手套解剖，并且还在继续这么做。

对于大多数人来说，这确实会让人感到不适。不过法医工作服的主要目的当然不是避免可能会出现的恶心感觉——橡胶手套和口罩保护的，首先还是我们的健康。因为在每一次解剖之中，都存在我们被死者生前所患的某种传染病感染的风险。

不过，只是合适的工作服还不能保证防护安全，还要有非常详尽的卫生条例，这些条例不单是为了保护在场的工作人员而制定的。因为需要检查的尸体是被运进法医研究所，然后还要被运出去，如果防护措施不到位的话，即使是无关人员，也有可能被感染。因此，卫生条例中包含了各种详细的规定，防止在解剖室里、尸体运输途中，以及处理器官和组织样本时发生感染。这些规定涉及建筑施工（防水地板材料，如PVC，以及足够数量的地漏）、设施装备（解剖台台面必须要耐刮擦、可水洗且可消毒，每个解剖台上都要有带软管的洗手龙头）和操作守则等（尸体的运输只能由定期接受培训的人员完成，解剖期间要用平稳流动的冷水仔细冲洗血迹和分泌物）。

法医和病理学家最常患的职业病是肺结核。我就认识几个在解剖过程中感染了结核病的同事，他们好几个星期，有的甚至好几个月都不能来上班，其中一些人还要忍受药物治疗所带来的严重副作用。更严重的情况下，他们还要在肺病医院——有时还要在隔离病房里——待上好几个星期。还有病毒性肝炎（肝部的病毒感染，会导致肝细胞发炎受损）也是一种法医职业病，假如这位医生是在工作中被感染的话。

我们所在的二十一世纪，是"流行病的世纪"，这一点已不只是感染科医生的认知。

几个世纪以来，人们一直在说"流行病"这个概念，它指的是一种传染病导致"Siechtum"（大范围发病）。这个概念原本用来指由于生病而产生的虚弱无力，到了中世纪，这个词也用来表示感染"麻风病"的状态。而在几年前，公共卫生专家们就表达了这样的担忧，在我们这个"流行病的世纪"中，在高度传染性疾病的医疗和治愈方面，人类将面临无法预料的挑战，这个担忧似乎正在成为事实。现在，除了HIV、牛海绵状脑病病毒（"疯牛病"）、被称为"杀手病菌"的金黄色酿脓葡萄球菌、H5N1流感病毒（"禽流感"）和H1N1流感病毒（"猪流感"）之外，一种新的危险正离我们越来越近：耐抗生素的结核病病原体。

引发结核病的细菌是一种既危险，生命力又顽强的病原体。这种细菌主要通过呼吸道进入人体，然后侵入肺部，在那里不断繁殖。当然，结核杆菌也可能感染人体的其他内脏。过去的几十年间，在抗生素的帮助下，人类成功地战胜了结核病，但是这种治疗方法的有效性在逐渐消失，因为结核杆菌的抗生素耐药性变得越来越强。出现这种现象的原因在于对药物的不正确使用，而所有的抗生素使用都应该遵守一个规则：要么就正确地服用，要么就索性不吃。

结核病的病原体是在一八八二年被伟大的医生、微生物学家罗伯特·科赫发现的，当时他在柏林的皇家卫生署工作。在罗伯特·科赫的时代，结核病是欧洲最常见的死亡原因。虽然近年来，结核病的发病率在西方工业国家相对稳定，甚至还有所下降，但在世界范围内，结核病仍然在广泛传播，并且是当下最常见的致死传染病。世界卫生组织（WHO）公布的数据显示，每年有两百万人死于结核病。在我们这个逐渐全球化、被移民和旅游业深深影响着的世界中，病原体不可能被强制性地限制在某个单独的地理区域之内，因此，这个古老的医学问题又重新回到了我们面前。我们研究所解剖过的因结核病而死的人当中，有很大一部分是移民，尤其是来自东欧的移民，还有无家可归者和酗酒者。结核病是一种典型的社会弱势群体常患的疾病。

在不是太久以前，我们所里做的一个检查也正说明了这一点。由于感染风险高，我们特意把解剖安排在那天工作快结束的时候来做。被解剖者死在一个流浪汉收容所里，那里已经有数名居住者被卫生局确诊为患有结核病。尸检解剖不仅确定了死者感染了结核病，也证实了他的确因此而死。

对于法医和病理学家来说，传染病是一种真实且不容小觑的危险，而与之相反，我们却无须害怕常常出现在文学作品中的"尸毒"。原因是：它根本就不存在。或者换一种说法：它的可怕之处只是不正确的命名。

由细菌引起的蛋白质分解，也就是尸体腐烂的过程中，一共会产生两种物质：尸胺（化学名称为1,5-二氨基戊烷）和腐胺（1,4-二氨基丁烷）。尸胺（德语为Cadaverin，来自拉丁语cadaver，意为尸体）和腐胺（德语为Putrescin，来自拉丁语putrescere，意为腐烂）与其他化合物一起，共同导致了典型的尸体腐烂气味的产生（顺便说一句，这种气味和动物尸体腐烂的强烈气味没有任何区别）。而"尸毒"这个概念具有强烈的误导性，因为这两种物质都是无毒的，并不会对健康产生危害。

另外还有一个广为流传的误解，即认为尸体腐烂和尸体分解是一回事儿。实际上它们属于两个过程，有不同的引发者。

一方面，有些细菌在我们还活着的时候就存在于肠道内，在健康人体中，它们被肠道黏膜屏障、被免疫系统抑制。在我们死后，这些细菌不再受到抑制，将遍布整个身体，并且增殖。在人死后的几天之内，亿万个细菌在死者体内的各个器官与血管之间漫游，这个过程被称为尸体腐烂。

与由本来就存在于死者体内的细菌菌群引起的尸体腐烂相反，尸体分解指的是由体外细菌繁殖引起的尸体分解过程，比如从空气中或者土壤里来的细菌。尸体分解只有在尸体腐烂已经发展到一定阶段时才会开始。人体组织会变干，呈现出浅褐色，会让人想起落叶林间的土地上，那些由干枯的苔藓、树皮和落叶形成的残余物。

　　反之，尸体腐烂呈现的颜色是绿色的。即使"死亡的化学反应"尚未被完全掌握，人们还是知道，尸体变为绿色，是因为细菌在传播、布满死者身体的过程中，与使血液呈现红色的血红蛋白接触，而血红蛋白在细菌的代谢过程中被分解。在这个过程中会产生我们所称的胆绿蛋白，它本身是绿色的。

　　人们也可以通过气味区分腐烂和分解。腐烂的气味是甜丝丝的，非常冲鼻子，让人觉得很不舒服。分解的过程则散发出一种霉味儿，没有那么甜，气味也不是特别刺激。

看不见的微观世界

十二岁的莎拉·艾勒斯正迫不及待地等待着下课。大课间休息的锣声终于响起，她和两个好朋友飞快地跑到学校院子里。三个小姑娘坐在一条长凳上，说说笑笑。突然间，莎拉毫无征兆地倒下了，一动也不动。她的两个好朋友跑去找来了老师，老师很快叫来急救医生。急救医生当着吓呆了的同学和老师们的面给莎拉做了心肺复苏，然而，不到三刻钟之后，他还是不得不宣布莎拉已经死了。他在死亡证明上写下"死因不明"，因此尸体被送到了我们法医研究所来。

我们在第二天做了尸检解剖，但仍然无法解释莎拉的死因。内脏器官没有显示出任何"病理性"变化——也就是病态的变化，更谈不上说这个十二岁的小姑娘患有什么严重疾病了。唯一值得一提的解剖发现是，内脏器官有急性郁血。不过器官急性郁血完全不是什么特别的发现，我们早已在为数众多的猝死病例中确认过这一点——都是些死亡发生得非常迅速，也没有长时间痛苦的濒死期（德语为Agonie，来自希腊语agonía，意为痛苦，挣扎，恐惧）的案例。

莎拉·艾勒斯的身体上也没有什么外伤——如果不算她胸骨上方的皮肤擦伤（这是心肺复苏术中按压心脏的位置），还有那下面的软组织瘀血（同样来自心肺复苏术），以及急救医生在她颈静脉通路扎的两个新鲜的针孔的话。由于这个小姑娘是在学校院子里、在众目睽睽之下昏厥的，因此她曾受外部暴力影响的可能性首先就被调查人员排除了。

在做完尸检解剖之后，对于这个小姑娘出人意料的死亡只有两种可能的解释：要么是中毒，要么是某种在尸检时肉眼无法察觉的内在疾病。

虽然我一直尽一切努力把工作做得客观且专业，不让自己因为受到情绪的影响而产生判断偏差，可对我来说，每一次为孩子做尸检解剖都仍然是一个特别大的挑战，我会在心理上有很大负担——尤其是这个孩子突然间被无缘无故地夺去生命的时候。对于莎拉本人，我已经不能再为她做些什么了，但是至少我们能为这个小姑娘的父母和她的朋友们找出她死亡的原因。也就是说，在这次没有得到结果的尸检解剖之后，我们还要到人类肉眼看不见的地方去继续寻找。

为此，我们先是采集了心脏血液、静脉血液、尿样、胃容物和肝脏组织，在实验室中做了化学毒理学检验。结论是：排除了中毒的可能性。所里其实并没有人真的相信莎拉是中毒而死，不过在她的同学们那些被吓坏了的小脑袋瓜里，很可能已经冒出各式各样的恐怖故事了。因此，在这个时候还是要澄清一下，让大家平静下来。

又过了几天，我们才查明了真正的死亡原因——在显微镜下。几乎所有细小的和最最细小的肺动脉都被新鲜的血块完全堵住了，这个十二岁的小姑娘死于肺栓塞。发生肺栓塞（也称为"肺动脉栓塞"或"肺血栓栓塞"）时，血块会堵塞肺动脉，进而使得心脏停止跳动。这些血块来自末梢静脉，通常是骨盆和腿部的。不过在这个案例中，小姑娘的腿部和骨盆静脉，以及肺动脉中的血凝块，都无法用肉眼发现。

血块的形成被称为血栓（德语为Thrombose，来自希腊语thrombos，意为凝结块，团块），血栓的产生有多种完全不同的原因，最常见的原因是严重的身体疾病——如癌症、大手术或者交通事故之后——导致的卧床不起和不能活动（活动性受到极大限制）。另外，血液中凝块的增加、脱水（由于饮水量不足或者液体损失等原因导致的体内含水量过低）、服用特定药物和怀孕也会导致血栓生成。而这个十二岁的小姑娘既没有超重，各器官也都很健康，没有服用药物，也没有显示出任何上述高风险因子，却死于肺栓塞，这是非常罕见的。肺栓塞成为孩子或青少年的死亡原因，这样的事情几乎没有先例。回想我的整个职业生涯，只能想到另外一个孩子也死于肺血栓，不过当时并没有造成很大的谜团。死者是一名十一岁的男孩，他严重超重，做了一个非常复杂、长达几个小时的髋关节置换手术后，引发了肺血栓。

但就莎拉·艾勒斯的情况来说，由于不存在高风险因子，实际上只有一个原因值得考虑：就是她患有凝血功能紊乱症却不为人所知。通过调查我们得知，莎拉还有一个兄弟和一个姐妹，由于凝血功能紊乱症多数是可以遗传的，所以我们在和负责此案的检察官商议之后，通过电话与小姑娘的父母取得了联系，建议他们让莎拉的兄弟姐妹做一个基因检测。经检察官同意，我们还把一个装有血样的小试管寄到了一所人类基因实验室，试管中的血样是我们在做尸检时保存的。三个星期之后，我们收到了那所实验室寄来的回复，他们的女负责人在信里说，分子基因检测表明，莎拉·艾勒斯有"莱顿第五因子突变"（FVL），这也就证实了我们的猜想。好消息是，莎拉的兄弟和姐妹的基因中都没有携带这一突变。

这种疾病因荷兰的大学城莱顿而得名，因为该基因突变是一九九四年在那里被检测出来的。第五因子是一种在凝血过程中起关键作用的蛋白质，因此，如果携带了FVL的话，就会产生一种由基因决定的高凝血倾向，风险是血栓和肺栓塞的患病概率将大幅提高。在欧洲，有百分之六到百分之八的人是这一突变基因的携带者。不过，如果知道自己患有这种疾病的话，可以通过服用稀释血液浓度的药物来降低血栓形成的风险。

对我们研究所来说，莎拉·艾勒斯的案例有些特别之处，因为我们以一种直接的方式帮助到了她的亲属。不仅仅是通过法医学完成了诊断，而且我们还提议，让莎拉的兄弟姐妹去做了检查。莎拉的家人向我们表示了感谢，并说"能够得知莎拉的死因，并且知道她的兄弟和姐妹都没有患病，是一个极大的宽慰"。而这对我和我的同事们来说，毫无疑问也是一次振奋人心的经历，可以不断地激励我们继续前行。

一些不这么轰动的案例，也经常需要动用显微镜，才能找到关于死因或者死亡情况的关键性解释。比如下面这个案例。一个星期日的早晨，有散步者在柏林市郊的树林里发现了一名死者——在一棵树上。死者是三十二岁的男子，一根麻绳在他的脖子上绕了两圈（我们法医管这叫"双行"），然后在脖子右边打了个结。绳子的另一端系在一根结实的枝丫上，系的地方足够高，死者的双脚脚尖可以离地三十厘米。

死者的妻子没有察觉到他在最近几天里有什么异样，按照她的说法，死者既没有什么不同寻常的行为，也没有提过个人生活或者工作中遇到了什么问题。星期六下午晚些时候，死者离开了他们共同居住的房子，没有跟她告别，一去不返。因为并没有发现遗书，负责此案的法官应检察官的申请，下令对该男子做尸检解剖。

结果表明，死者的死因确实是上吊身亡。另外从法医学的角度来看，这也确系一起自杀事件，因为除了颈部的勒痕以外，我们没有在死者的身体上发现任何其他伤痕，排除了曾经发生过打斗，或者该男子是被迫吊死的。让本案的责任检察官感到疑惑的是，完全找不到死者的自杀动机。死者死前的经历和生活状态都没什么值得特别关注的，警方的调查也证实了他妻子所说的一切。这名三十二岁的男子为什么如此出人意料地突然结束了自己的生命呢？虽然解剖的时候我们在两片肺叶的组织中发现了大量的肿瘤，但是它们都只有几毫米大，而且这样的肿瘤刚开始形成时不过是一个小肿块，也并不一定是恶性肿瘤。这一发现还不能代表一个明确的自杀动机。

在这样的背景之下，负责本案的检察官接受了我们的建议，决定做化学毒理学检测和显微镜检查，好在这团黑暗的迷雾中寻找光亮。

借助毒理学检测通常可以确定死者是否服用过抗抑郁药

物、安眠药、神经阻滞剂（为了治疗精神病而使用的物质）或者抗精神病药物。查出来哪项是阳性的话，就可以推断出死者患有某种精神疾病，而这有时是其非常亲近的人也不知道的——当事人经常会向家人或者好朋友隐瞒这类问题。这种情况下，警方就会去联系开出这些药物的医生，并获知更多当事人患病的信息，以此查明可能的自杀动机。然而，对死者的心脏血液、静脉血液、胃容物、尿样和头发的化学毒理学分析都一无所获，这名男子死亡的时刻没有受到任何药物的影响，死前一段时间内也没有服用过这类药物。

最后在显微镜的帮助下我们有了发现。除了那些尸检解剖时用肉眼就可以辨认的肺部细小肿瘤之外，该男子的大脑、心脏、肝脏和脾中也有这样的东西。这些肿瘤由非常非常小的、只能在显微镜下看见的结缔组织小结节组成，结节里是许多"巨型细胞"，边缘环绕着炎症细胞。在显微镜下，这些巨型细胞看上去体积非比寻常得大，有数个细胞核——有些甚至有数十个。不过以显微镜下所见，它们并非恶性肿瘤——如果是恶性的话，会显示出以下特征：会破坏人体原来的器官组织，并且发生远端转移，即形成子代肿瘤。我们看到的是良性肿瘤，不过对于这个年轻人所患的严重病症和他的悲惨结局来说，"良性"这个词确实非常不合适。这些结缔组织小结节在显微镜下所显示出的形态，还有它们在不同器官中的分布，让我们只能做出一种诊断——结节病。

结节病（德语为 Sarkoidose，来自希腊语 Sarx，意为肉；后缀 -oid，意为像什么一样），是一种由不明原因引起的炎症，常见于肺部，但是——正如这个案例所表现的——也会出现在许多其他的器官系统中。这种疾病可以表现为很多种完全不同的症状，取决于产生病灶的器官，比如疲劳、发热、身体不适、关节疼痛、咳嗽、（有时难以忍受的）呼吸困难、心律不齐、头痛、视力损伤和头晕目眩。这个年轻人在死前到底受到了哪种痛苦症状的折磨，我们已无法查清。不过对于检察官来说，通过显微镜得到的诊断足以成为充分的自杀动机了。在我们提交了检查结果，表明不存在外部干涉的情况之后，检察官也就终止了死亡调查程序。

显微镜检查在法医工作中可以做出多么显著的贡献，可以多么充分地解释死亡原因和死亡情况，以上只是两个例子。当然，促使我们采用显微镜，并非总在面对如此复杂的问题的时候。寻找细微线索时，我们常常想查明某个伤痕是什么时候形成的，这时我们会把注意力放在那些所谓"炎症细胞"上。作为人体组织创伤的反应，它们会积聚在比如说伤口边缘处。至于该创伤是由锐器（比如所有种类的刺伤），还是由钝器（比如用钝物刺穿阴道）引起的，完全没有关系。在显微镜下，我们可以鉴定这些炎症细胞的种类与发炎程度，然后反过来推断出死者受到身体攻击后存活的时间。这个结果可以帮助该案件的调查人员进一步锁定死亡时间，从而更加准确可靠地查验不在场证明。

依据这些炎症细胞还可以分辨出，死者死前多久就患有某一疾病，在此有一个例子。一位六十一岁的男性，某天早晨吃早餐时，在妻子在场的情况下昏倒，然后死了。接到电话赶来的急救医生在死亡证明上写下了"心肌梗死"，尸检解剖也明确证实了这一死亡原因，不过这名男子被送到我们法医这里来，是出于另一个缘故——负责此案的检察官想要知道，该男子的家庭医生是否有过失。原因是：在死亡发生的刚好整整二十四小时之前，这名六十一岁的男子去他的家庭医生那儿看了病，因为他说自己有些呼吸困难，还有胸部疼痛。这名家庭医生用听诊器快速给这位病人听了听，又敲了敲病人的脊柱，就得到了该病人因背部肌肉痉挛而疼痛的结论。他并没有做出更多的诊断，只是给这位病人开了一点药效不强的止疼片，就把他打发回家了。因此，现在我们需要弄清楚，这位医生当时是否可以察觉出心肌梗死的问题。

显微镜下展现出了一幅清晰的画面：相应区域里那些炎症细胞的形态表明，此次心肌梗死已经产生至少七十二小时了。如果这位家庭医生给病人做了心电图和血液检查的话——这两样都是出现类似不适时的医学标准做法——马上就能发现心肌梗死的问题。由于这位医生没有按照标准来做，而是仅仅做了轻率的诊断，使得他的病人第二天付出了生命的代价。

残忍的失意

想象一下，一个十七岁的年轻人蹲在一个配电箱上。他已经在这个离他家大门不远的东西上面待了几个小时了，心里又沮丧又愤怒。他的手有点肿，也有点疼，这一切都是因为他的女朋友突然说要跟他分手。他大半夜都没睡，因为他妈妈的男朋友希望他们能"心平气和地说说清楚"。最终说了一番废话，当然根本就没什么用处，他们俩都直到早上六点才去睡觉。而他还得自己一个人在沙发床上睡，因为那个蠢女人宁愿去他的小妹妹那边挤着，也不想跟他睡。今天中午，他终于起床之后，他妈妈和他的"前"女友突然像什么事儿都没发生一样，还非得去不知道什么地方滑旱冰。没什么可奇怪的，对她们来说他本来就无足轻重，她们竟然还问他要不要一起去。实际上根本没有人关心他，除了他的小妹妹之外，他妹妹通常是站在他这边的。其他人永远都只是希望他把嘴闭上，最好能像个透明人一样生活，反正从来都不会有人问问他想要什么。总有一天，他们要把这一切都还清，一定会有这么一天……

也许这个年轻人在配电箱上还想了完全不一样的事情，但可以确定的只有，前一天，与他同岁的女友跟他说了分手。不是第一次了，但按照她的说法，这次是肯定要分了。还有一点毋庸置疑，就是这名十七岁的年轻人在事发的这个十月傍晚既沮丧又愤怒。他几乎整个下午都坐在配电箱上，因为他不知道除此之外还能去干点什么。在最后的时刻，他脑子里都想了些什么，人们大体上可以推测得知，但具体的细节则永远无从知晓了。

晚饭已经在灶上煮着了，娜丁·安格尔透过位于汉堡某街区的自家屋子的窗户往外张望。她七岁的女儿米歇尔正一个人在屋子前面骑着自行车，现在是六点一刻，马上就要吃晚饭了。于是，娜丁·安格尔走出屋子，来到女儿身边，跟她说她还可以在外面待一刻钟。米歇尔还想骑车去一个朋友那边待一小会儿，不过她保证会按时回家。

以她的年龄来说，米歇尔长得算特别高，也很强壮，还上过一个防身术的课程。因此她得到允许，可以在离母亲的房子比较近的地方，这一大片出租屋组成的社区里，相当自由地活动。她骑上车出发了，但她又觉得最好去找另外一位朋友，她家住得更近，而且已经十二岁了。她来到劳拉和尼古拉斯居住的出租屋前，把自行车停在大门口，没有上锁，乘电梯上了六楼，按响了魏德曼一家的门铃。劳拉倒是在家，但是没有时间，因为他们正在吃晚饭。于是米歇尔跟他们道了别，回到了电梯处。

不到半小时后，劳拉·魏德曼听到她哥哥尼古拉斯——不过所有人都叫他尼克——走进门来，但他说"马上还要再出去一下"。他走进厨房里，把一个放着不知什么工具的提箱搁在了一把椅子上，然后说他刚才看见米歇尔了，而且她拉裤子了，要擦干净，因此他不得不从地下室拿了些家用纸巾。劳拉只是想着,如果这种事发生在自己身上,该有多倒霉啊。

六点三十五分,娜丁·安格尔再次走出了门,打算叫米歇尔回家,可她怎么都找不到女儿。她觉得有点不对劲,尤其是今天电视上放本季《老大哥》①的最后一集,她们说好要一起看的。

娜丁·安格尔呼唤着女儿,但是没人回答。也许她在公园里,她们那些小姑娘常常在那里玩耍。于是,娜丁到公园里绕了一小圈,仍然不停地喊着女儿的名字,但依旧没人应答。此时,这位母亲变得很不安。她匆忙赶回家,可是小姑娘还是没有回来。因此她拿上手机又出了门,想在再一次去公园之前给女儿的朋友们打电话,这一次,她的同居男友也跟她一起出去了。

刚过七点时他们再次回到家,娜丁·安格尔的心头突然涌上一阵从未有过的痛苦,她马上打电话报了警。

接电话的警官觉得,这个电话跟他常常接到的那些虚惊一场的报警不一样。因此,他甚至没有试图先安抚一下这位忧心忡忡的母亲,就马上派出了一辆巡逻警车。不到十分钟后,两位巡警要求增援,并组织起了警方搜索行动。很快,六十位警员投入到了搜寻米歇尔的行动中,他们中的大多数来自全天候刑事执勤队(KDD),刑侦部门的执勤岗位,负责在正常的工作时间之外启动初步措施。在开展搜寻的同时,KDD的警官们还按照常规流程做了以下这些工作:打电话通知出

---

① 即 Big Brother,社会实验类真人秀节目,首播于荷兰,有多个国家的版本。

租车调度中心、地铁控制中心和消防局，通过这些地方可以得知所有被运至医院的病人的"床位记录"。然而到处都没有有关米歇尔下落的线索。

七点半，魏德曼家的电话铃声响起，尼克的母亲西蒙妮从桌边站起身去接电话。之后她把电话内容报告给了大家，发生了这样的事情："小米歇尔·安格尔失踪了，好多邻居，甚至还有警察都在找她。"尼古拉斯站了起来，走到窗边。透过窗帘，他一眼就看见了确实有几个警察，还有一些住户一小群一小群地聚在那里，激动而忙碌。这时，西蒙妮·魏德曼已经穿好了外套，准备也加入搜索行动。她女儿劳拉同样跳起来要去，而令大家吃惊的是，平常总是懒得动弹的尼古拉斯也说，他要跟大家一起去找米歇尔。

尼古拉斯·魏德曼看到了聚在巡逻警车前面的那一小群人，里面有不少熟悉的面孔，他径直走上前去。他告诉警察们，就在一个多小时前，他还在这栋房子前面见过米歇尔。说完他到公寓阳台去取了自行车，然后骑上车，在附近的街上来来回回转了好几圈。在此期间，他和其他年轻人一起，到这片他自己也居住其中的出租屋社区里的各个地下室入口处去寻找。

两名邻居少年在失踪小姑娘居住的那条街的尽头找到了她的自行车，从那一刻开始，娜丁·安格尔就觉得没有希望了，一定有什么糟糕的事情发生了。米歇尔的自行车没有上锁，放在这片出租屋的入口处，但是米歇尔并不在那儿。娜丁·安格尔站在那条被探照灯照得雪亮的街道上，疑惑地看着眼前这一幕。街上挤满了熟悉的和不熟悉的邻居、数不清的警察，还有拿着摄像机和麦克风的人们，他们通通被那些探照灯照得雪亮——这些灯是技术支援部门一阵风般搭建起来的。所有人都在说话，现场一片嘈杂。

突然间，劳拉·魏德曼十七岁的哥哥尼古拉斯朝娜丁·安格尔走来，并且开始跟她说话。他告诉她，他曾看到米歇尔朝街角的一个小铺子走去。"走？那她的自行车在哪儿呢？"她惊慌失措地问。"嗯……那个，她骑车去的。"当他改口时她马上愤怒起来，责骂他，说他应该把话说清楚。而他并没有因为被责怪而觉得委屈，反而继续说他曾跟米歇尔聊了几句，米歇尔向他透露说觉得没劲，所以想去找住在更远一点的街区里的一个男生朋友。

"这是撒谎！"娜丁·安格尔喊道。过了一小会儿，她回到家里，两位警方的心理学家在那儿照顾她。

搜查期间大量投入的人员都由警方高层指挥，因此所有的消息都会立刻汇报给州刑警总局局长和他的同事们。到了夜里一点半的时候，搜寻工作仍然没有进展，没找到米歇尔的一丁点儿踪迹，刑警总局局长宣布停止行动，并指示说搜寻行动将在天亮后继续进行。不过指挥部并不想让之前投入的时间白白地浪费掉，他们转而开始对目前为止获得的信息进行评估，说不定能找到一条线索，发现小姑娘的下落。

凌晨三点，紧急成立的特别委员会开始整理从各处收到的意见时，一位女警的报告很快引起了注意。这位女警无意中听到，米歇尔的妈妈因为不相信一名少年对她说的话而朝他大喊。这位女警还在报告中写道，她觉得那位母亲所说的很有道理。这条信息与另外几位警官的发现相吻合——警官们说，这名少年特意告诉他们自己见到过米歇尔——这令人十分不安。

而米歇尔的自行车正是在这名少年，尼古拉斯·魏德曼，和他家人居住的房子前面找到的。鉴于这样的事实，特别委员会开始在警务信息系统（POLAS）中搜寻。结果是，这名十七岁少年已经在两起案件中有过前科了，一次是"无照驾驶"，一次是因为"团伙盗窃与窝赃"。

特别委员会中的所有警官都清楚，必须马上采取行动，这样的话，也许还能救出那个七岁小姑娘的性命，或者阻止凶手销毁她的尸体。

凌晨四点半刚过，当警察带着一张搜查令出现在门口，并且向她的儿子询问米歇尔的下落时，尼古拉斯的母亲简直无法理解这一切。尼克为什么要把那个失踪的小姑娘藏到家里？他又不会对一个七岁的小女孩感兴趣。此外，如果米歇尔在这儿的话，她应该能察觉到的呀。然而无论她怎么劝说，都不能阻止警察把整个房子翻了个底儿朝天。这会儿他们已经找了二十分钟了，她看到一名警察走到漆黑的阳台上，只有摇头的分儿。透过门，她看着那名警察从一堆乱七八糟的东西里面翻到一个大号的搬家用的纸箱。他把盖子打开了一点儿，然后当即吓得后退。接下来，尼古拉斯的母亲听到这名警察打电话叫了急救医生，几分钟后，她和其他人一起被带到了警察总局。

娜丁·安格尔同样在警察总局，坐在另一间屋子里。不久之前，一辆警车把她带来，让她和警察们在那儿一起等待尼克家的房屋搜查结果。州刑警总局的局长过来的时候正好是早上六点钟，局长告诉她："最坏的事情发生了，我们找到了您的女儿，她已经死了。"

罪案侦查科总督察斯万·洛文克尔抵达那幢高层住宅的时候，外面已经聚起一群记者和摄影师了。他手下的四人工作组和现场痕迹保护人员已经在公寓里了，四十五分钟前，在那里发现了七岁女童米歇尔·安格尔的尸体。虽然发现了尸体，但还没有人知道这个小姑娘是在哪里遇害的。因此，洛文克尔把整栋大楼都作为可能的作案地点加以封锁，必须避免来来往往走动的人们破坏案发现场可能留有的线索，或是在现场留下自己的痕迹。在对整个大楼实行彻底搜查之前，总督察需要决定是否应该要求一名法医来到现场。但看着周围这些媒体方面的代表，还有看热闹的人们，他很快做出决定——虽然可以在阳台上放些东西遮挡视线，但总督察仍然不希望在阳台上脱下死去的米歇尔的衣服，检查她的身体上有没有暴力痕迹，因为楼下和邻居家的阳台上正长枪短炮般架着许多相机对着这里。要把这个死去的孩子运到法医研究所里，越快越好。

如他所愿。这次运到我们法医研究所里来的不是棺材，而是一个浅棕色、86×40×30厘米的纸箱。外面用白色胶带封了起来，还用一根电线缠了好几圈。

想到这个箱子里放着一个孩子，真是一桩可怕的事情，因此，我先深深地吸了一口气，然后才当着凶杀案件侦破组的一位女警官，还有负责此案的一位女性最高检察官的面，小心地用一把手术刀剖开了箱子。接下来的一刻，我们一起带着惊恐，沉默地看向那个死去的小女孩。一条被鲜血般的液体浸透了的白色羊毛围巾在她的下巴和脖子上绕了两圈，把这个脸朝下趴着的孩子的嘴巴和鼻子都蒙了起来。在脖子后面，小姑娘的头发和围巾系在了一起——这是个明显的标志，说明围巾不是由她母亲或者她自己系上的。羊毛围巾下面是一根长长的电线，这根电线在脖子上绕了一圈，又在颈后打了个结，然后绑在小姑娘的脚上，使得她两条腿交叉，被拉成钟摆状，与身子紧紧压在一起，双手则被手铐铐在背后。我们把这个孩子的尸体从箱子里拿了出来，放在尸检台上，解开了手铐。

检查刚刚开始，我们就发现了令人震惊的事情：很明显，小姑娘遭到了性侵。下体有清晰的伤痕，是性侵的明确标志。由于米歇尔身上整整齐齐地穿着外套、毛衣、T恤、裤子、内衣，还有鞋和袜子，我们可以推断出，凶手在实施了性侵之后给这个孩子穿好了衣服，因此应该能在她的衣服上找到凶手的DNA和纤维的痕迹。

接下来，给这个孩子一层层脱衣服的过程持续了几个小时，因为衣服上的每一厘米织物，还有身体表面的全部皮肤，都必须用一张张特殊的塑料膜粘一遍，以保存线索痕迹。而这还仅仅是这次尸检的开始而已，在我为死去的孩子做过的法医学检查中，这次是耗时最长的一例。

当我和一位女同事,还有一位尸检助理一起进行解剖的时候,嫌疑人尼古拉斯·魏德曼和他的家人正在警察总局接受审问。尸检解剖一共花了十一个小时,在这个过程中,刑警勤务队的一位女警官会将我们这边的最新发现传达给她的同事们,好让警官们凭借这些发现,不断与犯罪嫌疑人对质。

在审讯的开始阶段,尼古拉斯·魏德曼声称是智力有缺陷的索伦·韦兰德把米歇尔·安格尔杀死的。没过多久,他又在压力下补充说,他也"参与了"。下午三点钟时,我们的解剖已经持续了四个多小时,在正在进行的新闻发布会上,有人给本州刑警总局局长塞了一张纸条,上面写着:招供了。尼古拉斯·魏德曼刚刚说了"是我干的"。

不过纸条上写得太草率仓促了,因为在休息了片刻之后,这名十七岁少年向总督察斯万·洛文克尔和另一位调查员所讲述的故事完全是荒诞不经的。他说性交这事儿是米歇尔的主意,她突然脱下了裤子,所以他就跟她做了。然后他只是想把她弄晕,为的是希望她事后想不起来这件事。他说他曾一再过去看她,夜里还把纸箱子特意搬到楼上,放在阳台上,好让她离他近些,以防她醒过来。他声称小姑娘一定是在这中间的某个时刻死亡的。

一个七岁的小女孩要求某人跟自己发生性关系,这完全是令人无法想象的。除此之外,这个说法也明显与尸检结果相矛盾:从颈部那两圈勒痕,还有脸部皮肤和眼结膜上的点状出血点来看,只能得出一个结论——米歇尔·安格尔是被勒死的。

警官们以此为据，不断质问，年轻人改变了对于犯罪过程的交代，不过新的版本并不比之前的更可信。不过无论如何，这次他总算间接承认了强奸行为，可是他声称，当他紧紧拉住小姑娘的围巾的时候，她用力挣扎，最终自己不小心把自己勒死了。在接下来几个小时的审讯里，尼古拉斯·魏德曼继续否认所有关于他蓄意杀害米歇尔的质疑。最终我们觉得，他能真正招供的可能性已经很渺茫了，必须通过其他方式和途径来还原作案过程的真实图像。因此，凶杀案件侦破组的人首先在法医学基础上重建了勒颈的过程，根据尸检解剖的结果，正是这个过程导致了米歇尔的死亡。调查人员们期待，通过还原这一过程，来检验嫌疑人的供述的真伪。除此之外，警方还委托专家对嫌疑人进行一项精神病学鉴定。

　　在犯罪过程重建、精神病学鉴定，还有调查人员在这段时间里了解到的尼古拉斯·魏德曼的个人经历的基础上，我们可以讲出这个小女孩是如何被杀害的悲剧故事了，还有寻找她的过程，以及凶手和他所做的可怕的事情。

　　尼古拉斯·魏德曼在家门口游荡，又在配电箱上坐了好几个小时的那天下午的八年前，他那对酗酒多年的父母在经历了争执和吵闹之后终于分手。母亲带走了女儿克尔斯滕和当时年仅四岁的小妹妹劳拉，而这个当年九岁的小男孩和比他大三岁的同父异母的哥哥归了父亲。离婚之后父亲很快再婚，探视规则没有建立起来，所以兄弟俩几乎见不到亲生母亲。没过多久，他们第一次离家出走了，在随后的一段时间里,这样的事情时常发生,有时候尼古拉斯和他的哥哥甚至住在大街上。另外,从上小学一年级起,尼古拉斯就在学校里遇到了一些问题,使得他不得不多次转学。在青少年福利局的提议下,他参加过两次治疗,但情况没有得到任何改善。

父母离婚两年之后,尼古拉斯的父亲设法找了一位治疗儿童和青少年精神病的医生,而且这位医生的丈夫是一位拥有学位的心理学家,尼古拉斯定期去他们那儿接受治疗。十三岁时,与父亲发生了一次争吵之后,尼古拉斯搬去了母亲那里。母亲的管教方式完全谈不上坚定、持久和严厉,对他比较纵容。由于他在转学之后几乎不去新的学校上课,即使去了也是动不动就和同学们争吵,为他做治疗的那对医生夫妇建议尼古拉斯住院,接受青少年心理治疗,以避免这个男孩失去最后的情感和社交纽带,完全堕落而无法管教。

在对七岁的米歇尔·安格尔犯下可怕罪行的四年多以前,时年十三岁的尼古拉斯·魏德曼被带到了北海中的一座岛屿,加入了岛上的儿童和青少年团体,并且就读于岛上的学校。但没过多久,他被告发欺负甚至性侵别的孩子,不过没有目击者或者证据可以证明这些报告。不到一年时间,他又回到了父亲的家里。

他的父亲不想再犯下同样的错误,就与一位悉心关照尼古拉斯的女教师订下协议,让她严格监督尼古拉斯。这套管理方式起了作用,然而不久父亲生了重病,当时已经十四岁的尼古拉斯利用这个机会,半夜里溜了出来。他还是去了母亲那里寻求栖身之处,她很乐于收留儿子,而且显然没有任何管教他的想法。从那时起,由于尼古拉斯的行为问题屡教不改且变本加厉,她还帮他给学校写各种各样的请假条。在还没从普通中学毕业之前——他也是很勉强才毕业的,原因当然并非智力不足——他就已经常常喝酒,并且被人发现抽大麻了。毕业后,他开始去一个电工职业培训学校学习——他父亲就是做这个的——然而仅仅过了三周,就中断了学习。

在他犯罪的不到两个半月之前,这名十七岁的年轻人认识了一个住在附近的姑娘,这女孩和他同岁,名叫梅兰妮,他很快就和这个女孩有了第一次性经历。不过没过多长时间,梅兰妮就第一次威胁要与他分手,因为他大多数时间都跟其他男孩子泡在一起,对什么都不感兴趣,这让她觉得很烦。而且尼古拉斯越来越多地四处去招惹别的姑娘。

在杀害米歇尔·安格尔的前一天晚上,这名少女终于在一次激烈的争吵之后对尼古拉斯认真地说,她还是要和他分手。于是,尼古拉斯冲出了公寓,深深地感到受伤和愤怒。他在楼梯间重重地捶打墙壁,手都打肿了。

他的母亲和母亲的男友在大楼前碰到他,看见他含着眼泪站在那里,这可是从来没有过的事。他们问他发生了什么事,最终,在他们的努力争取之下,这对年轻人答应再谈谈。

于是,他们俩一直谈到了凌晨,还喝了威士忌。最后,梅兰妮钻进了尼古拉斯的妹妹劳拉的房间。第二天梅兰妮和尼古拉斯都睡到中午才起床,没过多久,他妈妈向他、梅兰妮和劳拉提议说去滑旱冰。自打起床之后,尼古拉斯就对周围的所有人都表现出一副看不顺眼的样子,他表示没兴趣参加,留在了家里。他走到楼前,在外头跟一些熟人说了会儿话,其中就包括智障的索伦·韦兰德。在娜丁·安格尔允许女儿在外面再待一刻钟,并且可以骑车去找一个朋友玩一小会儿的半个多小时之前,尼古拉斯又一次坐在了配电箱上,深陷沮丧之中,不能自拔。

无意中,他看见米歇尔骑着自行车,从他旁边过去了。他认得她,因为她常常和他妹妹玩,也常常跑过来跟他说话,叫他一起玩。过了一小会儿,他从配电箱上溜下来,慢慢地走进大楼的入口。

没有人知道,这个十七岁的少年具体是什么时候决定把自己的所有失意情绪都发泄在米歇尔身上的,人们也说不准他是否一开始就有强奸的打算。不过可以确定的是,他编了一个借口,把米歇尔·安格尔锁在了地下室里。

在那里,他把她的双手扭到背后,用手铐铐了起来,还用她的围巾堵住了她的嘴。虽然上过自卫课程,但面对这个身高将近一米八、体重八十四公斤的少年,米歇尔还是一点机会都没有。尼古拉斯把这个七岁小女孩的裤子和内裤拽了下来,强奸了她。为了不让小姑娘因为害怕和疼痛而发出尖叫,他用一只手捂住了她的嘴和鼻子,因此,半分钟之后,她晕了过去,倒在地上。很快,这个少年意识到,如果让米歇尔活着的话,他可能会进监狱。于是他从架子上拿出一根电线,在米歇尔的脖子上绕了两圈,在她恢复意识之前把她勒死了。紧接着,他把她拖到地下室的小屋里,他有这个小屋的钥匙,然后从里面拿了一个装着电动螺丝刀的工具箱,带到楼上公寓里，为了给自己去地下室的行为找个理由。

回到家里，他对妹妹还有其他人说，刚刚在楼前碰到米歇尔了，又从地下室里给她拿了些家用纸巾，因为她拉裤子了。过了一小会儿，他再次下楼来到地下室，在那儿用纸巾擦掉了受害人阴部和肛门的血液，还有女孩垂死挣扎时排出的尿液。为了消除留下的精液痕迹，他又撕了一些新的纸去擦。最后，他提上了死者的裤子，把她趴着放在地上，又把系在她脖子上的电线和紧紧地压在背上的双脚绑在一起。因为血沫从米歇尔的嘴巴和鼻孔里流了出来，他就把这个孩子的白色围巾缠在了她的脸上。都绑好了之后，他把死去的小女孩装到了一个搬家用的纸箱里，还把沾有米歇尔血液和尿液的纸巾也扔了进去。而那些用来擦掉他能看得见的精液痕迹的纸巾，则被他塞到了纸筒里，然后把纸筒扔到了楼门外的树丛中。随后他用白色胶带封上了纸箱，并且又用一根电线在纸箱外绕了几圈。他急急忙忙地做完了这些事，这样他就可以在一定程度上及时上楼去吃饭，因为他不想引起家人的注意。

当他回到六楼母亲的公寓里的时候，别的人都已经吃完饭了。过了一会儿，索伦的母亲打电话来，告诉他们米歇尔·安格尔失踪了。尼古拉斯马上就打定主意，要去参加搜寻行动，把犯罪嫌疑从自己身上引开。

在那段时间里，那么多警察出现在附近，他害怕他们会去地下室找这个小姑娘，因此他想最好还是把装着尸体的纸箱放到一个更安全的地方。于是，他利用一个没有人注意到他的时机，用电梯把尸体搬到了六楼，放在了阳台上。接着他又混入找到米歇尔的自行车之后就聚在楼前的人群里。

几个小时以后,警察按响了他家的门铃,不久就在阳台上找到了他们要找的东西——只是,期待米歇尔还活着的愿望,落空了。

此案发生不到半年,汉堡地方法院开庭审理这桩尼古拉斯·魏德曼所犯下的刑事案件,米歇尔的母亲也出席了审判。她来参加庭审,是为了了解事情的全部真相,了解她的女儿具体经历了什么、在生命的最后几个小时里都遭受了些什么。她认为这是唯一可能的方式,让她不会因为痛苦而崩溃。

因此,她看到也听到了被告是怎样站起身来,宣告在对警察"撒了一圈谎"之后,现在他终于要"说出全部真相"了。而她也感受到了,即使是这最新的"供词",也在若干点上与那些证据存在许多矛盾之处。不仅被告的供述中有自相矛盾之处,这番供述还与证人的证词、纤维对比鉴定结果、尸检结果和DNA鉴定结果有所不符。在案件审理过程中,这些证据由被传唤出庭的证人和鉴定专家(也包括我)一一为法庭说明。

根据尸检结果,毫无疑问,这个少年不是在小姑娘失去意识,倒在地上之后才给她戴上手铐的,因为她的双手手腕处有很深的被铐住的痕迹,这清楚地表明,这个孩子曾经激烈地反抗过,试图挣开捆绑。另外,如果没有事先绑好的话,面对这个个子很高也很强壮的小姑娘,被告无法完成性行为,特别是米歇尔还上过自卫的课程。

被告最新版本的供述与调查人员重建的犯罪过程之间最大的分歧在于杀人的时间点。尼古拉斯·魏德曼坚持说,他一开始把已经昏迷了的七岁小姑娘留在了地下室里。后来,他回过家一趟,又去地下室擦掉了那些痕迹之后,才把仍然昏迷不醒,但还有呼吸的米歇尔·安格尔的围巾系在了她脸上,还用电线绑住了她的脖子和脚,好把她装到搬家的纸箱子里。

对于这个说法,法庭提出了异议,虽然在此问题上,尸检和DNA鉴定都无法提供什么证据。此处,主审法官和一同审理的两位女性法官,还有两名陪审员依据的是人类的正常判断力。由于被告已经供称,他杀害这个小女孩是因为害怕她揭露自己的性侵行为,这样一来,他就不太可能在使受害人永远无法发出声音之前,先上楼回了一趟自家公寓,然后又去擦除痕迹。如果那样的话,他就要冒着米歇尔中途苏醒过来喊救命,甚至从地下室里跑出去的风险,这风险是相当大的。

对于判决和量刑来说,尼古拉斯·魏德曼是真的杀害了这个之前被他强奸了的孩子,还是说她是以另外某种方式而死的,当然具有核心意义。在他现在这个所谓与真相一致的关于事情发生过程的陈述中,被告供称,那个小姑娘一定是在他没有注意到的时候,在失去意识的状态下,以脖子和脚被捆在一起,有点像"中国秋千"的姿势,自己把自己勒死的。与此相矛盾的一点是,这个十七岁的少年早就已经承认,杀害米歇尔是为了不让她把他做的事泄露出去。不过,关于这件事,从法医学的角度倒是能够还原可能的事实真相:

作为鉴定专家,我向在场的各位描述了决定性的尸检发现。在审问被告的时候,警察也曾以这些发现与之交锋过。随后我解释了为什么在上述状态下,死因不可能是被告所称的自己把自己勒死。

尽管勒在脖子和脚之间的电线绷得非常紧,以至于米歇尔的整个身体弯成了一种秋千状,在这种状态下,即使尼古拉斯没有进一步再做什么,米歇尔被勒死也是绝对有可能的。但是在尸检过程中我们已经确认,这根电线仅仅在尸体的脖子上绕了"一圈",在颈后打了一个结后,电线又系在了米歇尔的脚上——按照他的说法,这么做的目的是便于把据说只是昏迷过去的米歇尔抬到纸箱里去。然而,脖子上的勒痕,还有颈部软组织对应的伤痕,都毫无疑问地呈现出两条痕迹,因此死因只能是被"两道绳套"勒死的。另一个决定性的细节是,按照绕两道绳子的复原图像来看,勒死米歇尔的这条电线的绳结一定是打在脖子的正面的。尼古拉斯·魏德曼拉紧绳套的时候,他是直接看着米歇尔的脸的!我们在尸检时从那个孩子的脖子上解下来的绕了一圈的电线,既没有在颈部软组织留下任何伤痕,也没有留下任何勒痕。这说明,当凶手把这圈电线套到她脖子上的时候,米歇尔已经死了。

因此,从审判的角度来看,这桩罪行已经可以解释得很清楚了:这是一起强奸案,随后又伴发了谋杀行为,其目的是所谓掩盖罪行。

在做出判决之前,法庭先要裁定被告有无能力承担法律责任,这一裁定的基础是一份长达近百页的心理鉴定。这份鉴定的依据包括档案材料，对于过去发生的事情的检验，还有心理与身体的检查。出庭的精神病学鉴定专家还详细地探讨了被告的童年，以及他在犯罪之前的情况与心理状态。

其中最核心的部分是他为被告开具了一份证明，说被告患有"早期情绪不稳定的边缘型人格障碍"。这种人格障碍早在他学龄前时期就形成了，据说当时这个男孩因注意力缺乏和多动症而引起了关注。他很早就有情绪不稳定的问题，并且没有能力控制自己的冲动情绪。这也解释了他的多次突发性暴力行为，他的父母、兄弟姐妹，还有同学和老师们，在随后那些年里都曾经历过这样的时刻，特别是当有人批评尼古拉斯的时候。另外，这个如今成为被告的少年也受困于分裂的自我认知，因此，在他身上，傲慢与强烈的自我怀疑会交替出现。

那位精神病学鉴定专家认为那天下午作案之前，尼古拉斯·魏德曼坐在配电箱上的时候，他心中充满了压抑着的攻击欲望，这是由前一天与女朋友梅兰妮的争吵引起的。又因为夜里的谈话没有取得什么结果，被告的失落感变得更加庞大，尤其是谈话之后，梅兰妮没有像往常那样跟他一起到沙发床上去睡，而是去了他小妹妹劳拉的房间。于是，在他初次性关系结束之后产生的压抑着的攻击欲望，"随机爆发，通过一次攻击性行为，发泄在了小小的米歇尔身上"。

因而，这次犯罪不是出于某种动机而犯下的，而是一次冲动的结果。这股冲动在这名少年身上碾过，而他几乎无法理智地对待。当然，鉴定专家同时认为，被告在作案过程中仍然有很多次机会做出另外的行为。但特别是他在作案之后的行为，表明他的所作所为并非仅仅是在攻击性冲动的影响之下。所以，这位精神病学专家总结说，不应豁免被告的法律责任，但应该减轻其应负的法律责任。

法庭对这位精神病学鉴定专家的论述表示赞同，在考虑量刑时采纳了减轻其法律责任的建议。然而法庭也认定，该罪行"非常严重且非常残忍，因此不论是出于教育的目的，还是从赎罪的角度来看，都应考虑从重处以这名青少年刑罚"。他"毫无顾忌地滥用"了小女孩的天真和信任，她在碰到朋友的哥哥时总是那样的大方开朗，而他在犯罪时的所作所为却表现出"毫无怜悯、毫无同情心"，面对的是一个只有七岁的小女孩。同样被法庭认定为应加重量刑的情节是他参与搜寻行动的做法，在此过程中，他有目的地向警察，甚至还向受害者的母亲提供了假消息。

因强奸及杀人罪，法庭判处被告尼古拉斯·魏德曼刑期八年的青少年徒刑。

如果法官没有裁定应减轻其法律责任的话，按照此案所适用的《青少年刑法》，允许判罚的最高刑期将是十年。

请您想象一下，一位母亲，在经历了发生在七岁女儿身上的残忍罪行之后，只是想知道这个小女孩生命的最后几个小时里发生了什么事情，因此，她鼓起全部的勇气和力量，来到法庭上，出席庭审。请您想象一下，杀害她小女儿的凶手直到站在法庭上都还在不断撒谎，他的供述一点一点、不断地被证人和专家们驳倒,这位母亲心中会经历些什么呢!请您想象一下,仅仅出于一次残暴的冲动,她的孩子就遭到了强奸,然后被杀害,而这只是因为这个小女孩在一个错误的时间路过了那个配电箱,那上面坐着一个心中沮丧失意的凶手。

这位母亲一直认为自己是个拥有顽强斗志的人,可在女儿遇害之后,她失去了所有的欢乐和生活的勇气。她觉得没有办法工作,只能无限期地请病假。为了让情绪稳定下来,她开始接受心理治疗,她的同居男友也与她一起参加,因为他不愿让她独自面对这些事情。另外,这位女士——本章中化名娜丁·安格尔——有一阵子还做了个网站,在上面,她写了一封信给她死去的孩子,在信中她告诉女儿,在案发和随后搜救的那个晚上她都经历了什么。她写道,在邻居家的孩子索伦和菲力克斯向她报告说找到了米歇尔的自行车的那一刻,"我一下子崩溃了,清楚地感受到了痛苦。我在那几秒钟内死去了,没有人能帮助我"。

在我当时工作的汉堡法医研究所里有一个悼念室,亲属们可以在那里与死者告别。这是一个比较特殊的地方,因为汉堡法医研究所的停尸房向市民开放。在发现尸体并完成尸检的第二天,我听说小米歇尔的母亲正在赶往研究所的路上,来见她女儿最后一面时,一种不安悄悄在我心中升起。作为负责这次尸检的医生,我应该领她过去,并准备好她想要看的东西。我承认,在如此短的时间内,我还没有从这次尸检中恢复过来,或者说从那些在尸检中暴露出来的事情里恢复过来，但我还是拒绝了一位同事说代替我去陪伴那位来与女儿道别的母亲的提议。如今我很高兴曾有这样一段经历，能跟这位女士交谈了几句。虽然我们这段短短的谈话完全无法改变她经历过的这些事情，还有她在未来一段时间里要经历的事情，那些无法用语言形容的事情。

　　虽然我的工作要求我保持应有的现实性和客观性，并且需要与谋杀案件受害者的亲属保持必要的距离，但是我依旧永远不会忘记这位母亲的痛苦与悲伤。因此，我要将本章献给她——在写作的过程中，我专门询问了她的意愿，她希望如实描述她女儿在临死前的几个小时里所经历的事情，但我又考虑到那些可怖的细节可能给她带来的恐惧，便特意隐去了一些。如果未经她的明确同意，这起极其悲惨的案件将不会出现在本书里，也不会出现在任何一本书里。

后记：我想实现的 ─────

可以让您安心的是：事实上，从统计学的角度来讲，您读完了本书，意味着您不会在某个时候，作为犯罪案件的受害者，躺到我或者我某位同事的尸检台上来。为什么这样说呢？因为您作为一位爱阅读的市民，属于一个（幸好不是唯一的一个）很少发生杀人案的人群阶层。此外，您购买了本书，还意味着您不会把所有的钱都用来买酒或者非法毒品，而这又让您进一步远离了有目的的暴力犯罪。这些案件的受害者几乎全都出自悲惨不幸的社会环境，其中大多数人没有完成学校教育，自己也常有犯罪行为。大部分杀人案件的受害者——杀人犯也一样——每天都要大量饮酒，通常在犯罪的时候他们都已经喝得醉醺醺的了。在很多案件中，非法药物也扮演着举足轻重的角色，或者作为作案动机，为了毒品或者付钱购买毒品而引发的争吵，或者是某人在毒品的影响下成了杀人犯。在这类状况中，争执和口角常常是因为些无聊的琐事，但最后几乎总是会升级成粗野的肢体暴力，才算了结。这时，锤子、斧头和棍棒就登场了，但是迄今为止，最常用的凶器还是刀。每家每户都有刀，在每一个百货商店里也都能买到，还便于随身携带，不会引人注目。不同于美国，在我们这里有非常严格的武器管理法律，限定了枪支的使用，因此，幸运的是，在德国因枪伤造成的死亡，在杀人案件中所占的比例极小。

遗憾的是，尽管有这么多的统计数字，仍然没有人能保证他的亲人或朋友不会有一天丧失对人生的期待，然后做出决定，自愿结束自己的生命，就像《永远在一起》那章里的贝尔格霍茨夫妇那样。也没有人能保护我们的孩子不受《残忍的失意》里尼古拉斯·魏德曼那样的暴徒的伤害，他因为心情郁闷就强奸、杀害了七岁的米歇尔。没有人拥有绝对的安全，没人能保证永远都不会有人在自己的饮料中偷偷掺入毒品，就像《神秘跟踪者》中霍尔格·维纳特身上发生的那样，这杯饮料先是让他失去理智，随后又失去了性命。而您能打包票，您就没有一位近亲，或者一位关系密切的熟人，实际上是一个自淫者，如同《死亡快感》中的克雷斯蒂安·布兰科一样，为这癖好付出了生命代价吗？谁又该去保护一个没出生的孩子呢？他的母亲出于缺乏理智的行为，或者是早有预谋地杀死了他，使得他几乎来不及看一眼这世上的光明，就像《恐怖的秘密》那章里描绘的那样？

这一切都悲哀又可怖。但是，不断出现非自然死亡的事实，使得我们永远不能退却放弃，听天由命。更重要的是，我们绝不能在不断接触这些死亡的过程中，逐渐放弃揭露与澄清这些案件的初衷。

为了这个目标，一支运转良好、具有最高科学水准的法医团队——有足够专业的自然科学家和装备精良的实验室，可以使用最新的分析方式——是不可或缺的。只有这样，才能在面对棘手的案件时，我们也能把死亡原因一一归类，或是证明出致命的毒物。如果没有DNA分析技术的话，很多罪犯就逍遥法外了。通常,破案绝对要依靠大量的法证调查,特别是对受害者死亡之前、之中和之后发生的事情进行专业的法医学重建。

然而,苦涩的事实是,德国法医学正因"节约"而奄奄一息。二〇一〇年五月,《南德意志报》在一篇关于这个主题的文章里,将德国法医学称为"一具学术尸体"。自一九九三年至今,德国共三十二家法医研究所中,有十一家因为经费问题关闭,或者裁减了研究所所长的职位。在某些欧洲国家,尸检解剖率可占死者总数的百分之三十,而在德国,只有百分之二到百分之三的死者被解剖。由此就产生了这句经常被引用和改编的话,出自一位法医,虽然表述激烈但十分贴切:"如果近日来没能侦破的案件中的死者都把食指从坟墓里伸出来,我们的墓地就会像芦笋田一样了。"

我们解剖的尸体越少,能够侦破的杀人案件就越少,也就会有更多的凶手逍遥法外,藏匿于我们身边。法医学研究所里的解剖存档中有大量案例,其中有一个是一个最初被认定为死于突发性幼儿猝死的婴儿,经过法医学解剖之后却发现死因是晃动造成的创伤,从而被证实为一起命案——如果不做尸检解剖的话,这样的隐情将永远无法查明。

就像我在《瓦肯人的手段》那章里所写的,被勒死的伊诺·荣格曼如果没有被解剖的话,我们就无法反驳阿列克谢·弗拉基米罗维奇所声称的,他不曾起意想杀死受害者,他也就很可能不会被判为杀人犯,甚至有可能以自由人的身份离开法庭。而在《残忍的失意》那章里,如果我们没有解剖七岁的米歇尔·安格尔的尸体，并且把所有法医学与刑侦学的细节一点点仔细拼成一幅完整的图案，再加以正确阐释的话，她的母亲有可能直到今日都对小女儿的实际经历一无所知，每日生活在这样的谜团之中，因为那个青少年杀人犯所陈述的作案过程不断翻新，既没人能揭穿他的谎言，也没人能证明他的罪责。

而除了犯罪事件之外，法医学检查结果在事故研究和事故预防中也会用到，这一点不只体现在交通事故中，同样体现在有特殊风险的工作领域，比如航空运输或者危险货品运输。进行毒理学检测，例如检验责任人是否摄入酒精或吸食毒品，可以拯救许许多多的生命。

很多政客畏惧关于死亡的话题，诚然，它不适合作为竞选的主题。不过值得庆幸的是，一些司法参议员和司法部长一再尝试为法医学发声，将诸如提高尸检率和验尸专业化等问题列入政治议程。然而，可惜的是，他们的政坛同僚常常对这样的声音充耳不闻。而在德国，还没有一位政治家认为有必要为提高和改善法医工作而努力。

虽然这样的环境不会让我对这份工作失去兴趣，但无疑会给我和我的同事制造不必要的障碍，也使得我们在为受害者及其家属的利益采取行动，或者帮助大众避免今后发生更多死亡时遇到更多的困难。可以说，锱铢必较的节省最终牺牲了所有在世的人的安全。因此，我将不会停止利用每一个机会和一切必要的手段，去争取进一步提升公众对法医价值的认知，尤其是通过写这样的报刊文章和书籍为之呐喊。

致谢

法医是一项团队合作的工作，因此，我要感谢所有在本书提及的案件中给予我大力支持的人们。同样，写一本书也离不开细心周到、乐于给出建议的人的帮助。所以，我与我的合著作者洛萨·斯特鲁在此要感谢所有为本书提出建议、提供支持，以及给出宝贵指教的人们。我万分希望，在匆忙与激动之中，尤其是在二〇一〇年夏天的热浪之中，没有遗漏任何一个名字：

西比勒·巴纳沙克博士，科隆法医研究所
克拉斯·布什曼博士，柏林夏洛特医学院法医研究所
安德烈亚·科伦斯博士，柏林夏洛特医学院法医研究所
埃德温·埃利希博士，柏林国立法医和社会医学研究所
威特·埃特佐德博士，巴塞罗那，柏林
马丁·福纳尔，罪案调查科高级警官，布伦斯布特尔刑警分局
萨斯基亚·S.古达特博士，柏林夏洛特医学院法医研究所
斯万·哈特维希博士，柏林夏洛特医学院法医研究所
莎拉·海因策博士，柏林夏洛特医学院法医研究所
弗兰克·赫普纳教授，柏林夏洛特医学院神经病理学研究所
齐格琳德·赫尔博士，柏林夏洛特医学院法医研究所
拉尔夫·克尼斯佩尔总检察长，柏林检察院

克劳斯·克罗克博士，柏林国立法医和社会医学研究所
康妮利娅·马蒂乌斯，柏林国立法医和社会医学研究所
克劳斯·迈耶·霍珀，基尔
马里昂·纳吉博士，柏林夏洛特医学院法医研究所
拉斯·奥斯特赫尔维格博士，柏林夏洛特医学院法医研究所
克劳斯·普舍尔教授，汉堡法医研究所
弗里茨·普拉格斯特教授，柏林夏洛特医学院法医研究所
英肯·拉梅洛，HAMBURG on air 电台，汉堡
本诺·里瑟曼博士，柏林国立法医和社会医学研究所
卢茨·鲁沃尔教授，柏林夏洛特医学院法医研究所
弗兰克·罗森鲍姆博士，柏林国立法医和社会医学研究所
托马斯·特拉普律师，伦讷施塔特
埃德姆特·特索科－塞弗特，克龙沙根
维尔纳·瓦尔斯，科隆
伯恩德·O.韦伯律师，汉堡

我还要感谢我的妻子安娅，感谢她作为重要的读者试读我的文章，感谢她在我一次又一次——遗憾的是实在太频繁了——忙得无法抽身的时候那永无止境的忍耐。

DER TOTENLESER by Michael Tsokos
In collaboration with Lothar Strüh
Copyright © by Ullstein Buchverlage GmbH, Berlin. First published 2010 by Ullstein Taschenbuch Verlag.
Simplified Chinese edition copyright © 2021 New Star Press Co., Ltd.
All rights reserved.

图书在版编目（CIP）数据

死亡阅读者 /（德）米夏埃尔·索克斯,（德）洛萨·斯特鲁著；肖蕊译 . —— 北京：新星出版社，2021.4
ISBN 978-7-5133-4186-8

Ⅰ．①死… Ⅱ．①米… ②洛… ③肖… Ⅲ．①纪实文学－作品集－德国－现代 Ⅳ．① I516.55

中国版本图书馆 CIP 数据核字（2020）第 195119 号

死亡阅读者

[德] 米夏埃尔·索克斯，[德] 洛萨·斯特鲁 著；肖 蕊 译

责任编辑： 王 欢
特约编辑： 赵笑笑
责任校对： 刘 义
责任印制： 李珊珊
装帧设计： @broussaille私制

出版发行： 新星出版社
出 版 人： 马汝军
社　　址： 北京市西城区车公庄大街丙3号楼　　100044
网　　址： www.newstarpress.com
电　　话： 010-88310888
传　　真： 010-65270449
法律顾问： 北京市岳成律师事务所

读者服务： 010-88310811　　service@newstarpress.com
邮购地址： 北京市西城区车公庄大街丙 3 号楼　　100044

印　　刷： 天津行知印刷有限公司
开　　本： 910mm×1230mm　　1/32
印　　张： 7
字　　数： 95千字
版　　次： 2021年4月第一版　　2021年4月第一次印刷
书　　号： ISBN 978-7-5133-4186-8
定　　价： 46.00元

版权专有，侵权必究。 如有质量问题，请与印刷厂联系调换。